徳間文庫

孤独な週末

赤川次郎

徳間書店

目次

孤独な週末

一日目、夕方

　夫の運転する緑色のＢＭＷが立木の合間を見え隠れしていたのも、ほんのわずかの間だったが、すっかり見えなくなってしまってからも、小杉紀子《こすぎのりこ》はなおしばらく、その方向から目を離さなかった。車が緑色だっただけに、遠い木々の緑が揺らぐのが、車の姿のように思えたのだ。いや、思いたかったのである。

　紀子はひとつ大きなため息をつくと、林の中の道をもどりはじめた。――いつまでも寂《さび》しがっていたって仕方ないんだわ。彼が三日間帰って来ないのは、どうすることもできない現実なんだもの。

　思ったよりも山荘《さんそう》から遠くまで来ていたんだわ。紀子は歩きながら思った。山荘の前で見送るのはあまりにそっけなくてやり切れなかったから、少し乗せて行って、と強引に乗り込んでしまったのだ。彼も渋い顔をしながら、目もとは笑っていた。目尻に細かいしわができるのでわかるのだ。

山荘からこのいくらか広い道まで、車一台がやっと通れるくらいの私道が二百メートルほどもある。彼は私道の出口の所で車を止めると、紀子を抱いてキスした。紀子のほうではもっと先まで期待していたのだが、彼はそれだけで紀子を離した。彼女も無理にはせがまなかった。ただ、もう少し先まで乗せて行って、といった。もどるのが大変だといわれても、大丈夫、いい散歩よ、と答えた。

少し走って、車を止め、彼はもう一度紀子にキスして、さあ、もう本当にもどりなさい、と穏《おだ》やかに、しかしきっぱりといった。今度は彼女も素直に車を降りた。

行ってらっしゃい。気をつけて！

彼女の声をＢＭＷのエンジンの音がかき消したとき、彼女は車を憎《にく》らしいと思った。しかし彼は最後に車窓から手を振って、できるだけ早くもどるからね！――そう叫んだ。

紀子はすっかり心が軽くなって、手を振った。車は木立の間の曲がりくねった道を、素晴らしい加速で遠ざかって行った……。

私道の入口へと歩きながら、紀子は、彼のキスでまだからだがほてっているのを感じていた。でも、彼が車の中で彼女を抱こうとしなかったのは、仕方のないことだ。なにしろ彼はもう四十歳だ。そんな刺激的《しげきてき》な遊びに興味はないのだろう。――しかし、紀子はまだ……。

二十四歳の若さだった。そして何よりも、ふたりは結婚してまだ三日にしかならないのだ

紀子は小杉紳吾《こすぎしんご》の秘書であった。といってもそれは三か月前までのことだ。

小杉紳吾は、中規模ながら、その急成長ぶりで注目されている、あるショッピング・センターのチェーン会社で、営業部長の要職にあった。以前はライバル会社の営業の第一線にいたのを、引き抜かれて、初めから部長として着任した。三十八歳という、異例の若さである。

最初のうち、部下の間にくすぶっていた反感は、小杉のめざましい仕事ぶりと市場の読みの的確さ、つぎつぎに打ち出すアイデアの斬新《ざんしん》さ、などが吹き飛ばしてしまった。一年足らずのうちに、チェーン店の売上げは三割増を示し、新たな支店がふたつ誕生した。紀子がビジネス・スクールの秘書科を出て、小杉の下についたのは、ちょうどそのころのことだった。

正直なところ、紀子はあくせく働くよりも、同世代のボーイフレンドのように人生を楽しもうという主義で、いわゆる猛烈《もうれつ》サラリーマンというのはきらいだったから、入社早々に「業界でいちばん多忙な男」とあだ名される小杉部長の秘書になると知ったときは、内心うんざりしたものだ。ところが驚いたことに、この会社では、個人秘書を持っているのは小杉だけで、社長にさえ秘書はついていないのであった。

出勤初日、挨拶《あいさつ》をしようと小杉の机の前へいくと、彼はいきなり、

「きょうの予定は？」

ときいて来た。面食らった紀子が、それでもしどろもどろになりながらメモを読み上げると、

「これを十部コピーしてくれ」

と資料のファイルを渡され、

「十五分後に車を呼んでくれ。そのコピーを持って一緒に来るんだ」

と、ただもうあおり立てられるような気ぜわしさ。コマネズミのように動き回って、その日の仕事が終わったのは夜の九時だったが、まるで一か月も働きつづけだったような、それでいてほんの二、三時間しかたっていないような、妙《みょう》な気分であった。

出先から会社へもどる車の中で、小杉は初めて気づいたようすで、

「きみ、名前は？」

ときいた。

翌日も、その翌日も、同じような日が続いた。仕事が終わるのは、ときとして深夜になったが、それでも次の日は、八時半には仕事を始めなければならなかった。

なんてひどい所へ来ちゃったのかしら。――紀子は何度そう思ったことだろう。他の女子社員たちも、昼食の最中でも呼び出される紀子に同情してくれた。中には、組合へ訴《うった》え

ればいい、という者もあった。

しかし、彼女自身、驚いたのだが、その多忙が二か月、三か月と続くうちに、その張りつめた毎日が、彼女の生きがいにすらなって来たのである。

小杉が、若い紀子を完全なプロとして扱ってくれたことも彼女にはうれしかった。どこへ行くにも小杉は紀子を伴って行った。泊まりがけの出張でも遠慮《えんりょ》しない。北海道から沖縄まで、小杉が飛び回るのに、紀子は影のようについて歩いていたのだ。

むろん泊まるときはちゃんと紀子の部屋を取ってくれたし、上司としての限度以上になれなれしくはしなかったが、一緒に食事をとり、お茶を飲みながら、ときおり交わす雑談の中で、紀子は、小杉が四年前に妻を亡くし、いまは正実《まさみ》という名の息子とふたりでいることを知った……。

紀子が、小杉という男性に惹《ひ》かれるようになるのに、そう時間はかからなかった。しかし、彼女は用心深くその気持ちを押し隠し、表面上は部長とその秘書の、全く変りばえのしない忙しい日々が続いた。

その見かけの平穏《へいおん》が変わったのは、四か月前、ある地方の小都市へ出張したときのことである。その都市へのチェーン店進出に反対する地元の商店街の店主たちとの話合いが目的だったのだが、ともかく、ショッピング・センターができれば商店はつぶれる、と信じ込んでいる地元の人びとは、小杉の話に全く耳を貸そうとしなかった。

従来の実績を示して、ショッピング・センターができると、客がふえて、地元商店もむしろ売上げをのばしていると説明しても、相手は全く受け付けない。話合いにならない話合いは十時間余に及び、深夜になってなんの結論も見ずに閉会したときは、さすがに小杉の顔にも疲労の色が見えた。

その夜、ホテルで紀子がシャワーを浴び、寝ようとしていると、ドアがノックされ、小杉が立っていた。――紀子にはわかった。黙ってドアチェーンをはずし、彼を中へ入れた。

翌日、奇跡が起きた。昨夜あれほどかたくなに反対していた商店街が、自分のほうから和解を申し入れて来たのである。

東京へもどって次の日の朝、小杉は紀子にいった。

「すまないが、きみにはここをやめてもらいたい」

紀子は、やはり、と思った。仕事に厳しい小杉である。秘書と関係を持っていたのでは仕事にさしつかえると思ったのであろう。紀子は恨《うら》みがましいことはいっさいいうまい、と思った。納得した上での関係だったのだから。

「で、今後のことだが――」

と小杉は続けて、

「きみにはぼくの家の家事に専念してもらいたい」

これが彼のプロポーズであった。

てれくさかったのか、わざととぼけていたのか、そのまじめくさった顔を、いまでも紀子はよく覚えている……。

「――あら」

我に返って、紀子は足を止めた。

「いやだわ！　何やってるのかしら、私？」

山荘へ通じる私道の立て札《ふだ》を見落として、だいぶ先まで来てしまったようだ。紀子は逆に向いて歩き出した。本当に、何をぼんやりしてるんだろう！

この山荘へのドライブが、ふたりの新婚旅行だった。といっても、山荘ではまだひと晩過ごしただけだ。都内のホテルでごく内輪の式を挙げ、その夜はホテルに泊まって、きのう、ここへやって来たのだが、夕食の特別デザートは、本社からの電話だった。

紀子はべつに文句はいわなかった。彼の忙しさは自分がいちばんよく知っている。そんな彼に惹《ひ》かれたのだから。――それにしても、これから先が思いやられるわ。五時に会社が終わっても、そのまま帰れる人ではない。家で夕食を食べてくれる日があるだろうか？

それよりも、当面の問題は、正実だった。

正実は十一歳である。こどもではあっても、単なるこどもではない年齢だ。紀子は、小杉がどんなに多忙で家をほったらかしにしていても、それが自分たちの結婚生活を危うくすることは心配していなかった。もし――もし、この結婚が失敗することがあるとしたら、それは正実のせいだろう。

いまのこどもは発育がいい。紀子が小柄なせいもあるだろうが、正実はもう彼女の肩くらいまで身長があった。いきなり、そんな大きなこどもを持った戸惑い……。

むずかしい年齢だから、気長に付き合ってやってくれ。彼はそういっていたが。

そう、自分は実の母ではないのだから、無理に母親になろうとしてはいけないのかもしれない。最初はただの友だちとして……。

紀子はまた足を止めた。

「変ねえ……」

確か、私道への入口はここだったはずだ。それなのに、『小杉』という立て札が見当たらないのである。彼がいっていたとおり、細い、茂みに囲まれた私道は、立て札がなければ気づかずに通り過ごしてしまいそうだ。

紀子はかがみ込んで、札の立ててあった跡を見つけた。やはりここだったのだ。――でも、立て札はどうしたのかしら？　立ち上がって見回したが、どこにも見当たらなかった。

だれかいたずらをしたのかしら？　ずいぶんたちの悪いことをするものだわ。

もっとも、高速道路などでミラーを壊したり、標識を倒して行ったりする若者もいるのだから、不思議もないが、それにしてもこの辺は、この季節に通る人もほとんどないはずなのに……。

紀子はなんとなく薄気味悪い思いで周囲を見回した。

ここは軽井沢——といっても、夏ににぎわうあたりから、また山の中へかなりはいった所で、林の中に、ところどころ、大海の孤島《ことう》のように別荘が建っているだけだ。夏にはまだ人の気配もあるけれど、いまはもう十月になっていて、銀座と呼ばれるあたりも普段は閑散《かんさん》としている。

ましてや、このあたりの別荘は、どこも閉め切って、人の姿は見られない。水入らずで過ごすには絶好だが、ひとりでは寂しすぎる。——いや、ひとりではない。

紀子は山荘への私道を歩いて行った。そろそろ夕方で、木立のすき間からのぞく空は灰色にかげりはじめている。

山荘は、二階建ての木造で、もうかなり前に建てられたものらしかった。どこかの金持ちが持っていて、古くなるままにほうってあったのを、五年ほど前に小杉が買い取って改修したのだという。

黒ずんだ板の色は、古びた感じだが、家自体は改修で近代的に生まれかわっている。外見は北欧風とでもいうのか、出窓や天窓をつけて、少しごてごてとした、それでもいかにも別荘風の造りである。

玄関《げんかん》にポーチがあり、前庭に小さなフォルクスワーゲンが一台置いてある。買物が町まで遠いので、彼が紀子のために買っておいてくれたのだ。紀子はつい二週間前に免許を取ったばかりだった。

くよくよしていたって始まらないんだわ。もうすぐ夕方になる。夕食の支度にかからなくちゃ……。

ポーチを上がりながら、ふと紀子は、さっき夫を見送りに出て来たとき、強引に車へ乗り込む彼女を、このポーチの手すりの所にもたれてじっと見ていた正実の顔を思い出した。

あんなまねをすべきじゃなかったわ。

紀子は後悔していた。ただでさえ、正実は彼女のことをきらっている。いや、きらいだとはいわないが、好いていないことは態度でわかる。無理にひとりで途中まで送って行ったりして、正実の反感をあおり立てたようなものだ。

「済んだことだわ」

と紀子は口に出していった。

「もう忘れましょう」

玄関のドアを開けようとして、紀子は驚いた。鍵がかかっているのだ！

「どうしてこんな……」

イライラと紀子は呼び鈴を押した。あの子だわ。わざとかけたのだろうか？　いや、と紀子は思い直した。ただ神経質で、なかなかもどらないから鍵をかけたのかもしれない。

まさか、そこまで意地の悪い子とは思えない……。

しばらく待ったが、いっこうに正実がやって来る気配はない。紀子は二度、三度、と呼び鈴を鳴らした。奥でポロンポロンとチャイムの鳴っているのが聞こえているというのに、相変らず返答はない。

「何をしてるのかしら……」

紀子はため息をついて玄関から離れると、ポーチを回って、裏口のほうへ行った。台所から出入りするドアがあるのだ。――やはり、そこも鍵がかかっていた。

ここは確かに開いていたはずだわ。

紀子はけさ、ここを開けて、ごみを裏庭の焼却炉《しょうきゃくろ》へ持って行ったのをはっきり覚えていた。その後、鍵をかけた記憶はない。それとも知らないうちにかけていたのだろうか？

紀子はドアをドンドンと叩いた。

「――正実君！――正実君！」

正実の名を呼ぶのは、なんだか妙な気がした。「正実ちゃん」か、「正実君」か、「正実さん」か、それとも、ただ「正実」と呼ぶのがいいのか。紀子は結婚前、ずいぶん悩んだものである。「正実ちゃん」では、あまりに赤ん坊扱いをしているようだが、といって相手はこどもには違いない。そして自分は母親なのだから、おとな扱いするのもかえってよくない、と思った。

結局、「正実君」と呼ぶことに決めたのだが、正実がそれを気に入ったかどうかは、確かではなかった……。

なんの返答もなかった。――まさか、窓からはいり込むわけにはいかない。紀子は家のわきへ回った。広い芝生《しばふ》になっていて、その上へ張り出したバルコニーは正実の部屋のものなのである。紀子は芝生のほうへあとずさりして、

「正実君！」

と呼びかけた。

「いないの？――正実君！」

たっぷり間を置いて、バルコニーの奥から声が返って来た。

「なんなの？」

面倒くさそうな、投げやりないい方だ。

「玄関の鍵を開けてちょうだい！」

ちょっと間を置いて、また声だけが聞こえた。

「鍵はかけてないよ」

「かかってるわよ！」

「ぼくはかけなかったよ」

「でも実際にかかってるのよ！　開けてちょうだい！」

「かかってないよ」

と正実のほうもくり返す。紀子はいら立って来た。

「早く開けて！　いいわね！」

といい捨て、玄関へ回る。あれはきっとわざととぼけているのにちがいない。全くなんという——。

「まさか！」

紀子は足を止めて目を見張った。玄関のドアが、半開きのままになっているのだ。

玄関を上がると、紀子は廊下を通って、台所へはいった。台所といっても、いわゆるダイニング・キッチンとしても十分の広さがあり、テーブルと椅子がある。朝や昼はここで食べ、夕食だけは隣の食堂で食べることにしていた。

時計を見ると、四時半になっている。夕食の支度にかかるには、ちょっと間があるので、紀子はコーヒーをいれて飲むことにした。

あのドアは開いていたのかしら？

そんなはずはない！——確かに鍵がかかっていたのだ。正実が……おそらく、そう疑いたくはなかったが、正実は、ちゃんと玄関のドアの内側で、彼女の帰って来るのを待ち受けていたのにちがいない。彼女が諦《あきら》めて裏口のほうへ回るのを待って、開けておいたのだろう。

頭の回る子だ。それだけは認めなければなるまい。しかし、親をばかにするようないたずらは感心できない。

親を？――いや、正実のほうでは紀子のことを母親とは思っていまい。

「どうだった？」

出しぬけに正実の声がして、紀子はびっくりした。慌ててドアのほうを見たが、正実の姿はなかった。

「ドアは開いていたでしょう？」

また声がした。そのときになって、紀子は、正実の声が傍《そば》のインターホンから聞こえて来るのだと気づいてホッとした。

「え、ええ……」

「だからぼくがいったろう」

紀子はムッとしたが、叱《しか》る言葉を思いつけなかった。そんないたずらをしても、こっちはなんとも思っていないのだということを見せてやろう。怒ればかえっておもしろがらせるだけだ……。

「部屋にいるの？」

紀子はきいた。

「さあね」

と人を小ばかにしたような答え。

「クッキーでも食べない？」

と紀子は腹立ちをこらえていった。

「いまはいらない」

「そう」

勝手になさい。——紀子は肩をすくめた。

この山荘は部屋数が七つもある。だから、各部屋や廊下にインターホンがつけてあって、どこでも相互《そうご》に話ができるようになっているのだ。

紀子はコーヒーをゆっくりとすすりながら、クッキーをつまんだ。彼がいなくなると、急にこの山荘が、だだっ広く、寂しい場所に思えて来る。

三日後には彼が帰る。しかし、その三日間、いったい何をしていよう？　テレビを見るか、本を読むか……。いずれにせよ、退屈《たいくつ》にはちがいない。

それでも、あの少年の相手をするよりは、気楽かもしれないが……。

一日目、夜

　夕食の支度ができたのは、六時半ごろだった。もう窓の外は真っ暗で、部屋の明かりに小さな虫がガラスの外に集まって来ていた。

　正直なところ、紀子はあまり料理が得意でない。料理の学校へ通う暇もなかったし、それほど料理が好きというわけでもないのだ。しかし、結婚前の三か月、彼女としては精いっぱいの努力を傾けて、彼の好きな料理ぐらいは作れるようになった。

　今夜の夕食はシチューで、これは彼の話では、正実の好物でもあるはずだった。

「正実君」

　紀子はインターホンに呼びかけた。

「ご飯ができたわ。食堂へ来て」

　返事はなかった。紀子は、

「正実君」

　ともう一度呼んだ。しばらく間を置いて、

「なんなの？」

　と相変らず面倒くさそうな返事。

「ご飯よ」

「いま、食べたくないんだ」

「だめよ。ちゃんと決まった時間に食べなくちゃ」

「あとで食べるよ」

「さめてしまうわ。──ビーフシチューよ。あなたの好物でしょ」

「違うよ」

「あら、だって──」

と紀子はちょっと戸惑った。

「おとうさんがそういってたわよ。あなたは、ビーフシチューが大好きだってね」

「ぼくが好きなのはママの作ったビーフシチューだよ」

紀子は言葉につまった。なんと物のいい方を心得たこどもなのだろう。相手のいちばん痛いところを突いて来るのだから。無邪気《むじゃき》にそういったのなら、胸を打たれるのだろうが、正実のいい方には、明らかに効果を楽しんでいるというところがあって、紀子は叱りつけたいという衝動にかられた。しかし、ここで怒っては相手の思う壺《つぼ》である。

「そう……」

とできるだけさりげない調子で応じる。

「あなたのママはきっと料理が、上手だったのね。でもね、私のシチューも結構いけるわよ。試してみない？」

　やや間を置いて、正実の返事が返って来た。

「気が向いたらね」

　なんという生意気ないい方だろう！　紀子は少し厳しく出ることにした。

「すぐ下りてらっしゃい！　いいわね！」

「食べたいときに食べるよ」

　正実にはいっこうにこたえないようすだ。

「パパが帰って来たら、あなたがいうことを聞かなかったっていわなきゃならないわよ。いいの？」

　これならいうことを聞くだろうと思った。だが正実からの返事はない。

「正実君！　聞こえたの？　返事をなさい！」

　相変らず、インターホンは沈黙したままだった。

「もう一回いうわよ！　すぐに下りて来なさい！」

　返事はなかった。——紀子はもう我慢ならなかった。泣きわめいたってかまうものか。なんとしてでも、夕食を食べさせてみせる、と決心して、食堂を出た。

　廊下を抜けて階段を駆け上がり、正実の部屋のドアを叩いた。

「正実君！　出ていらっしゃい！」

無理に連れ出すことは最後の最後まで避けたかった。

「いま出て来れば、このことはパパに黙っていてあげる、って約束するわ！——正実君、聞こえないの？」

なんの返事もなかった。——仕方ない。

「開けるわよ」

といっておいて、紀子はドアのノブを回した。とたんに手がビリビリとしびれて、

「キャッ！」

と紀子は悲鳴をあげて飛び上がった。ドアはゆっくりと開いた。——部屋の内側に、ノブの金属の部分に結びつけられた電気のコードが見えていた。

紀子は怒って青ざめていた。からだがワナワナと震えるのをどうしようもない。

「なんという……」

いうべき言葉も見あたらず、ドアへ駆け寄ると、手を突っ込んでコードをドアのノブから引きちぎった。

「悪ふざけもいい加減にしなさい！」

と部屋の中へ踏み込んだが……正実の姿はなかった。

「どこにいるの！　出ていらっしゃい！」

と叫んで部屋を見回した。

シングルのベッド、勉強机、本棚……。格別、どこといって変わったところのない、十一歳のこどもの部屋である。ただ、ラジオ、カメラ、テープレコーダー、ステレオ、といった機械類の多いことが目をひく。

「正実のやつは機械とか電気とかにくわしいんだ」

と彼が自慢げにいっていたのを、紀子は思い出した。

この山荘には、そうしばしば来ているわけではない。夏休みの間はともかく、たまの週末、小杉が休めたときに来る程度だが、それでも、これだけの物が置いたままになっているのだ。正実は相当の機械マニアなのだろう。

それを、こんなふうに人をおどかすために使うとは、小杉は夢にも思っていないだろう。

「どこなの？」

紀子はもう一度呼んだ。——返事がないので、紀子はベッドの下をのぞいたり、洋服ダンスを開けてみたりしたが、正実はいない。

「お風呂場かしら……」

この山荘はホテル風に、各部屋に浴室とトイレがついている。もっとも使う部屋は決まっているので、ほかの部屋の浴室は栓を閉めてしまってあるが。

「中にいるの？」

浴室のドアへ顔を寄せて、紀子はいった。

「はいるわよ。――いいの？」

ドアのノブをつかもうとして、ハッと手を引っこめる。またビリビリッと来たのではかなわない。ハンカチを取り出してノブを包んでから、恐る恐る回して開けた。

同じ罠《わな》を二度仕掛けるほど、正実もばかではないらしい。今度は何ごともなかった。しかし、正実もいない。

「いったい、どこに行ったのかしら……」

二階のほかの部屋に隠れているのだろうか？　二階だけで五つの寝室がある。――紀子はため息をついた。

浴室を出ると、紀子は正実の机の上のインターホンのボタンを押した。

「正実君、どこにいるの？　返事をしなさい。――どこに隠れていたって、見つけるわよ。狭い家なんですからね。見つけたら覚悟なさい、お尻をいやというほどぶってあげるわ。いま返事をすれば勘弁してあげる。――どこにいるの？　返事をしなさい！」

この声は、山荘の中の全部のインターホンから流れている。どこにいようと聞いているはずだ。

紀子は三分間待った。そして正実の部屋を出た。

二階の残りの四つの寝室を、紀子は片っぱしから見て行った。使っていない部屋も、鍵はかからないので、中に隠れている可能性は大いにある。――ソファーの後ろ、ベッドの下、浴室……。くまなく捜し回ったが、結局、むだ骨であった。

「こんなことってあるのかしら？」

全部を調べ終わって、紀子は息を弾ませながら呟《つぶや》いた。二階には正実はいない。そうなると階下にいるというのか？　いつの間に下りて行ったのだろう？

そこまで考えて、紀子はハッと気づいた。さっきインターホンで話したとき、正実が自分の部屋で答えているのだとばかり思っていたが、そうとは限らないのだ。二階のほかの部屋でも、いや、一階の居間や客間でも、同じようにインターホンで話ができたはずなのだ。

あのとき、もう正実は一階へ下りて来ていたのにちがいない、と紀子は直感的に思った。

「人をばかにして！」

カッと頭に血が昇った。紀子は階段を大急ぎで駆け下りると、居間へ飛び込んだ。テレビがつけっ放しになっている。自分でつけた覚えはない。正実が見ていたにちがいない。

「どこに隠れてるの！　出てらっしゃい！」

紀子は叫んだ。居間から客間へ、玄関へ、と必死で捜し回った。外へ行ったのか、とも思ったが、玄関のドアはチェーンがかかっている。中にいるはずだ。

台所へ行ってみたが、結局、正実の姿はなかった。いったいどこに隠れているのだろう？

これだけの広さの家である。どこかの戸棚や納戸に隠れるのもむずかしくはない。しかし、紀子には、正実が彼女をこわがってどこかへ隠れて震えているとは思えなかった。そんな殊勝《しゅしょう》な少年なら、まだ可愛げがあるのだが……。

捜し疲れて、紀子は食堂へもどって来た。二、三歩足を踏み入れて、思わず立ち止まり、唖然として突っ立っていた。

食卓の、正実の分のシチューが、きれいに平らげられていた。ご飯茶碗の上に、はしがきちんと並べられ、お茶も半分ほど飲みかけてある。

彼女が必死で二階の部屋を捜し回っているうちに、正実は悠々《ゆうゆう》とここでご飯を食べていたのだ。

紀子は急に全身の力が抜けて行くような気がして、自分の席にペタンと腰を落としたまま、ぼんやりと、空になったシチュー皿を見つめていた。もう自分の分のシチューはすっかり冷めているようだ……。

ふと、正実のシチュー皿の下の紙片に気づいて、皿を持ち上げ、取り出してみた。そこにはこどもっぽい字で、

『ごちそうさま』

とあった。

紀子は、ほとんど味もわからずに、冷めたシチューを食べ終え、あとかたづけをした。奇妙に空しい感じだった。自分ひとりが喜劇を演じていたのだ。怒って右往左往するのを、十一歳の少年は笑って眺めていたのだ……。

あんなに腹を立てたのはどうしてだろう、と紀子は思った。——向こうが食べたくないというのなら、好きにさせておけばよかったのだ。ほうっておいても、お腹がすいて来れば、食べに来る。それを、むきになってしまったから、向こうも意地悪く立ち回ったのだろう。

確かに、ドアに電気を流したりしたのは、性質《たち》の悪いいたずらかもしれないが、もしこれが自分に起こったのでなく、他人が同じ目に遭ったという話を聞いたのなら、きっと同情するより大笑いして、いったにちがいない。

「本気になって怒るほどのことはないじゃないの。たかがこどものいたずらで」

と。——そう、いささか自分も大げさに受け取りすぎたのかもしれない。なんといっても、相手は十一歳なのだから。

正実の身になってみれば、新しく自分の母になった女——それもひどく若い女と、ふたりきりで残されてしまったのだ。間をつなぐ環、父親もいないのでは、顔を合わせるのも気まずい気分はよくわかる。

紀子のほうでも、正実と何を話せばいいのか、見当もつかないのだ。向こうから打ちとけて来ないといって、十一歳のこどもを責めるのは酷というものかもしれない。あのいたずらにしたところで、彼の、茶目っ気の表現なのかもしれない。内気な少年なりの、親しみの現れかも……。内心、そう信じてはいなかったが、紀子はそうであってくれることを願っていた。

ともかく、正実のほうから話しかけて来るまでは、無理をすまい。自然に、なんとなく気心が知れるようになるのを待とう。

食事のかたづけを終えると、紀子はブドウを洗って皿に盛った。そしてインターホンのボタンを押すと、

「正実君、ブドウを食べない？」

と声をかけた。どうせ、いまはいらない、あとで食べるという返事が返って来ると予想して、つけ加えた。

「台所のテーブルに置いておくわ。気が向いたら食べてね。私は、居間でテレビを見てるから。——いいわね？」

「わかったよ」

相変らず、面倒くさそうな声がした。

紀子は自分の分のブドウを皿に分けて、居間へ行った。いつも見ているテレビの連続ドラマにチャンネルを回す。——しかし、紀子はいっこうにテレビの筋を追って行くことが

できなかった。正実がブドウを食べに下りて来るかどうか。それが気になって仕方ないのである。

ほうっておくんだと決めたばかりじゃないの！

そう自分にいい聞かせ、テレビに注意を向けようとするのだが、気がつくと台所のほうで物音がしないかと、じっと耳を澄ましているのだった。

三十分ほどして、階段のきしむ音が聞こえたような気がした。空耳だろうか？　それとも、ただの風の音か？――いや、気のせいではなかった。台所のドアが開いて、また閉じる音がしたのだ。

紀子は息をついてソファーにもたれかかった。それまで、自分がいかに緊張して、それを待っていたか、はじめて気づいた。彼女は思わず笑った。

まるで王子様のおいでをお待ちしていたみたいだわ！

確かに正実はこの家の中では王子かもしれない。しかし、王子は孤独なものだ……。

紀子はソファーから立ち上がりかけた。いまなら台所へはいって行って、

「どう？　おいしい？」

と声をかけることもできる。いまなら。――しかし、居間でテレビを見ている、といってしまった。ここで出て行けば、結局、これも自分をつるエサだったのかと思うだろう。

紀子は、またソファーに身を沈めた。ほうっておくのだ。一時間や一日や……それくら

いをあせってどうなるというのか。正実とは、これから何十年もの付き合いなのだ。

やっと、少しドラマのほうへ気を向けられるようになったとき、電話が鳴った。急いで駆け寄って受話器を取り上げる。

「はい」

「やあ、紀子か」

「あなた！　どうなの？」

「うん、ちょっとまだかたづきそうもない。そっちはどうだ？」

紀子はチラリと台所へ目を向けた。

「ええ。うまくやってるわ。大丈夫」

「よかった。……いや、正実のやつが手こずらせてるんじゃないかと思って気にしていたんだ」

「大丈夫よ。すっかり気が合ってるわ」

紀子はためらわずにいった。

「いま、一緒にブドウを食べているの。あなたは何をしてるの？」

「いま、会社だ」

「まだ？　もう九時すぎよ」

「仕方ないさ。――すまんな。新婚早々だというのに」

「仕事と浮気してるんだもの安心だわ」

小杉が笑って、

「ともかくこちらが終わり次第帰るから」

「ええ。待ってるわ」

「じゃ、正実のことは頼むよ」

「わかってるわ。あ、待って」

紀子はインターホンへ走って、

「正実君、おとうさんから電話よ」

と声をかけた。

「わかったよ」

いくらか生気のある声だった。紀子が受話器をもう一度取り上げると、カチンと音がした。正実が、台所の親子電話を上げたのだろう。

「やあ、パパ……」

「どうだ、おとなしくしてるか?」

「まあね」

——紀子は受話器を置いた。ふたりの話、特に正実がなんというか聞きたかったが、盗み聞きされたと思われるのもいやだ。

テレビのドラマを最後まで見て、紀子は立ち上がった。もう正実は部屋へもどっているだろう。

台所へはいって行くと、案の定、正実の姿はなく、食べ終わった皿が、ポツンとテーブルにのっていた。

紀子はなんとなくうれしい気分だった。——皿を洗って、再びインターホンへ向かった。

「正実君、そろそろ寝る時間よ」

といった。どうせ素直に眠るはずもないが、そういっておけば自分の仕事は終わったことになる。

「わかったよ」

意外に素直な返事が返って来た。

「ちゃんとお風呂にはいってね。自分のお部屋のにはいるんでしょう?」

「あたりまえじゃないか」

正実の声にはおもしろがっているようなひびきがあった。

「一緒にはいろうっていうのかい?」

「そんなつもりでいったんじゃないわ」

紀子は赤くなっていった。

「パパとは一緒にはいったくせに」

そういって正実は笑った。

「おやすみなさい！」

紀子は投げつけるようにいった。


十一時を過ぎると、疲労がからだに広がって来るのがわかる。

特別、何をするというのでもない。秘書として働いていたころの、あの毎日に比べたら、ほとんど何もしていないも同然なのに、どうしてこんなに疲れるのだろう。

戸締まりを見て、風呂へはいって、眠る――それだけのことをするのが、ひどくおっくうで、なかなか居間のソファーから立つ気になれなかった。

それでも、いつまでもこうしているわけにはいかない、と自分にいい聞かせて、やっと腰を上げたのは、もう十二時に近かった。昨夜は、彼とふたりだった。――十一時には寝室へ行き、風呂へはいって、それからベッドにはいった。何があろうと、もうこの人から一生離れまい、と思った。年齢の差も、こどもがいることも、ひとつのベッドの中で身を寄せ合っていると、少しも気にならず、どうしていままで、そんなことを思いわずらっていたのかと自分で不思議になるほどだった。

いま、彼はいない。彼がいない、ということだけで、これほどに夜が長く、むなしいものか……。

戸締まりを見て回り、明かりを消して、階段を上って行った。上った最初のドアが紀子の、いや、夫婦の寝室で、正実の部屋はいちばん奥になっている。

部屋へはいって、無意識にドアにチェーンをかけようとして手を止めた。——どうすべきだろうか？　この家の中には母と息子だけしかいないのだ。べつにチェーンなど必要ないではないか。

それでも、紀子は自分でもわからない理由で、ドアにチェーンをかける衝動《しょうどう》に抗《こう》しきれなかった。風呂へはいる間、かけておいて、眠るときになったらはずそう、と決めた。

分厚いカーテンをきっちりと閉めて、紀子はベッドのそばで服を脱ぎ、浴室へ行った。熱い湯を浴槽《よくそう》に満たして、からだをひたすと、快いだるさがからだへしみこんで来るようだ。

西洋式の浴槽なので、ほとんど寝そべるようにしないとからだが湯につからない。それがよけいに、からだのけだるさを誘っているような気がした。

昨夜は大変だったわ。

思い出して、紀子はくすくす笑った。何しろこの狭い湯船にふたりではいろうとしたのだ。湯が溢《あふ》れて、バスマットも何も水びたしになってしまった。ふたりは一緒になって笑った。

紀子は、そんなふうにはしゃぐ彼を、初めて見た。やっと自分が彼の妻になったのだという実感が湧いて来たのも、そのときだった。

たったひと晩だけで彼がいなくなってしまったのは寂しいが、三日だけの辛抱《しんぼう》、いやきよう一日はもう終わったのだ。あと二日だけ待てば、彼は帰って来る。

そうしたら、また一緒に風呂へはいって、一緒に大笑いすることもできるのだ。——そう考えて、ふと紀子は気づいた。

正実は、パパとなら一緒に風呂にはいるくせに、といった。しかし、どうしてふたりが一緒にはいったことを知っているのだろう？　ただ想像で物をいっているだけなのか。そうでなければ……。

二日目、朝

思いのほかよく眠って、目が覚めたのは、九時だった。

「いけない！」

正実がもう起き出しているかもしれない。慌てて服を着て階下へ下りて行く。驚いたことに台所のほうから、コーヒーの匂いがしている。

「正実君……」

と声をかけながらはいって行ったが、正実の姿はなかった。テーブルの上には、コーヒーポットと、使っていないカップ、フランスパンふたきれ、チーズなどが並べてある。どう見ても、食べたあとというのではない。食べる支度がしてあるという感じである。

「正実君」

と呼んでみたが、返答はない。

「どこにいるの?」

居間をのぞいてみたが、テレビがつけっ放しになったままで、正実の姿はない。紀子はテレビを消して台所へもどった。

「どこに行ったのかしら?」

テーブルにつこうとして、カップの下のメモに気づいた。

『おはよう。勝手に食べたから、外を歩いてくるよ』

紀子はフウッと息をついた。ともかく少しはのんびりできる。——のんびり? いやというほどのんびりしているのに、と紀子は思った。これ以上、どうのんびりすればいいのか。

しかし、正実のことを考えると、落ち着いていられないのは事実だ。何かしなくてはいけないという思いに駆られる。それでいて何をしていいかわからない……。

ともかくゆっくり顔を洗って来よう。——紀子は二階へもどると、顔を洗い、簡単に化粧をすませた。

鏡の中の顔はまだ十分に若々しく、なんの化粧も必要ないように見える。紀子は、追いまくられるように忙しかった日々が、かえって自分の若々しさを保ってくれていたのかもしれないと思った。これからは——これからは、ただ老けるだけ。

「何を考えてるの」

と紀子は鏡の中の自分に笑いかけた。

「あなたはまだこんなに若いのに……」

少しさっぱりした気分で下りて行く。その間、ものの十五分とたっていなかったはずなのに、台所へはいって紀子は目を丸くした。テーブルに、まだ熱そうに湯気を上げるスープと、目玉焼きが並べられているのだ。

またメモがついていた。

『パンとコーヒーだけじゃ寂しいと思って。両目にしたからね』

なんて子だろう。まるで猫のように、足音もたてずに歩き回っているのだろうか？　さっきも、外へなど行ってはいなかったのだ。きっとどこかに隠れて、彼女のようすを見ていたのにちがいない。

紀子は、ちょっと薄気味悪い思いで周囲を見回した。どこかで正実が見ているような気がしたのである。いったい、どういうつもりなのだろう？　こんな食事の支度までして……。

なかなか器用なこどもだということは認めなければなるまい。目玉焼きなど、形も崩れず、上手《うま》くできている。コンソメのスープはインスタントだろうが。

「じゃ、ごちそうになりましょうか」

と呟いて、紀子は席についた。

「両目じゃないじゃないの」

と笑う。両目というのは、むろん目玉焼きふたつのことだ。皿にはひとつしかのっていない。そこが、やっぱりこどもなのね、と微笑む。

スープ皿のわきに、ちゃんとスープ用のスプーンも置いてある。冷めないうちに、と紀子はスプーンを取った。

最初は、それが何なのかわからなかった。スープの底から何かが……自分の顔が映っているだけなのかと思った。スプーンですくってみると、それはヒョイと持ち上がって来た。

人間の目玉《いい》だ。

悲鳴をあげて紀子はスプーンをほうり出した……。

プラスチックの義眼。テーブルに置くと、安定が悪いのか、グラグラと揺れる。

紀子はじっとその目を見つめた。相手もひとつだけの目で彼女を見返している。不愉快になるのでその目の向きを変えようとするのだが、妙につぶれた球形をしているせいか、いつもヒョイと向きを変えて彼女のほうをにらみつける。

心臓が止まるかと思うほどのショックから、紀子はやっと自分を取りもどした。スープはもちろん、目玉焼き、コーヒーも全部捨ててしまった。改めてコーヒーをいれ直す。——腹を立てるまでに時間がかかった。あまりのことに、驚きからさめるだけで容易ではなかったのだ。

いったい、なんという子だろう。この悪ふざけはやめさせなければならない。——彼に電話しようか？

「それはだめだわ」

多忙な彼をわずらわせることはできない。これぐらいのことが自分で解決できないのでは、妻の座、母の座はつとまるまい。

それにしても、こういう子には、どう対処すればいいのか。紀子には見当もつかなかった。単なるいたずらではない。極めて計画的に、かつ効果を計算したいたずらである。

メモに『両目にした』などと書いたのを見ても、その辺がちゃんと計算ずくだったのがよくわかる。どうせ家の中のどこかで、彼女が悲鳴をあげて飛び上がるのを見て楽しんでいたのにちがいない。

紀子はインターホンのほうへ歩いて行った。

「正実君。聞いてるの？　返事をして」

答えはなかった。

「いいこと。いたずらが悪いとはいわないわ。でも、けじめというものをはっきりつけて――」

紀子は言葉を切った。玄関のほうで、ドアがバタンと鳴るのが聞こえたのだ。

「正実君！」

紀子は駆け出した。

玄関のドアのチェーンがはずれて揺れていた。表へ出て、前庭を見渡す。正実の姿はどこにもなかった。何しろすぐ林である。そこへはいり込んでしまえば、捜しようがない。

紀子は諦めて肩をすくめた。

勝手にすればいいわ。もどろう、と思ったとき、開けたままにしておいたドアが急にバタンと音を立てて閉まった。続いてカチリと鍵のかかる音。

やられた！

外へ出たと見せかけておいて、玄関のどこかに隠れていたのだ。

「正実君！　開けなさい！」

紀子は、ドアのノブを握ってドアを揺さぶった。しかし、何しろ造りは頑丈《がんじょう》である。びくともしない。

「開けなさい！　本当に怒るわよ！」

と叫んだが、なんの返事もない。――紀子は、むだだとは思ったが、ポーチを回って、台所のドアへ行ってみた。正実は万事抜かりなく、裏のドアも鍵をかけていた。

紀子は各部屋の窓を調べて行った。ひとつぐらい、鍵をかけていない窓があるだろうと思ったのだ。しかし期待は空振りに終わった。

紀子は山荘から閉め出されてしまったのだ……。


ポーチに腰をおろして、紀子は気をしずめようとした。どうにも押さえきれない怒りでからだが震えた。半分は、十一歳のこどもにいいように振り回されている自分への腹立ちでもあった。

もうとても私の手には負えないわ。

紀子は思った。あとは父親の手を借りるほかない……。

しかしどうやって彼に連絡を取るのか？　山荘へはいれなければ電話もかけられないのだ。いや……そうだ、車のキーが……。

紀子はスラックスのポケットを探った。

キーがあった！

フォルクスワーゲンには十分ガソリンもはいっているはずだ。車で町まで出れば、店もあるし、電話もある。――紀子はためらわなかった。ポーチでこんなふうにすわっていても仕方がない。

正実にしても、まさか彼女が車で出かけてしまうとは思うまい。少しは相手の意表に出てやらなくては。いつも驚かされるばかりでは、おとなの面目《めんぼく》にかかわる。

紀子はフォルクスワーゲンに乗り込んだ。幸い、すぐにエンジンがかかる。チラリと山荘のほうへ目をやってから、車をスタートさせた。

ドライブは快適だった。

窓を開けておくと、冷たい風が髪をはためかせる。いかにもスピード感があって、愉快だった。まだ免許取りたてだから、それほどスピードは出せない。ことにこんな森の中の曲がりくねった道はなおさらである。しかし、それだけハンドルに注意を集中しなければならないので、よけいなことを考えずにすむ。

いまの紀子にはそれがありがたかった。

少し外の空気が必要なんだわ、と思った。

二十分ほど走ると、国道へ出る。その分岐点《ぶんきてん》に、公衆電話のボックスが、ポツンと立っていた。以前はガソリンスタンドもあったらしいが、いまはなくなっている。

車をわきへ寄せて止めると、紀子はダッシュボードから小銭入れを出した。いつも百円玉や十円玉をここへ入れておく習慣なのだ。何かとドライブ中には便利なのである。

十円玉だけえり分けると十五枚あった。少しは話もできそうだ。足らなくなったら、彼のほうからかけ直してもらえばいい。

ボックスへはいり、十円玉をはいるだけ入れて残りを手元へ積み上げ、ダイヤルを回した。彼のデスクに直通の番号である。会社にいるだろうか？

すぐに受話器が上がった。

「小杉です」

彼の声が聞こえて来ると、紀子は目を閉じて息をついた。

「もしもし？」

「あなた、私よ。ごめんなさい、お仕事中に――」

「きみか！」

彼がびっくりしたような声を出した。

「きみ、いまどこからかけているんだ？」

「え？　あの……国道沿いの電話ボックスだけど……」

「どうしてそんな所にいるんだ？」

彼は問い詰めるような口調でいった。

「あの――それが――」

「いま、正実から電話がかかって来たんだ」

紀子は愕然《がくぜん》とした。

「きみが黙って車でどこかに行ってしまったといって、心細くてたまらないと泣き出しそうだったぞ」

「私は——」

「とにかくすぐにもどってやれ。いいか？」

紀子はゴクリと唾《つば》を飲み込んだ。

「……わかったわ」

小杉のほうも少しきつくいいすぎたと思ったのか、ちょっと間を置いて、

「あすには帰れそうだ。留守を頼むよ。大変だろうとは思うが」

「ええ……」

「きみは、何か用だったのかい？」

紀子は低い声で、

「いいえ、べつに……」

「何か欲しいものはないかい？　帰るとき買って行くよ」

あなただけよ、欲しいのは。

「べつにないわ……」

「そうか。何か気づいたら——。なんだ？」

最後の言葉は彼女へのものではなかった。電話口から離れた彼の声が、

「その件については資料ができてるだろう……」

といっているのが聞こえて来る。

紀子は受話器を置いた。

「またやられたわ……」

いつも先手先手を打って来る正実の素早さと頭の回転の速さに、紀子は舌を巻いた。これでは負かされっ放しではないか。

しかし、ここで彼女が山荘へもどらなければどうなるか。また父親の所へ電話をして、涙声で訴えるだろう。彼女はぼくが気に入らないんだよ、と……。

フォルクスワーゲンに乗り込んで、しばらく何もせずにすわったまま時間を過ごした。しかしいつまでもそうしているわけにもいかず、エンジンをかけ、ゆっくりと車をUターンさせた。

彼女にとってショックだったのは、単にまた正実にしてやられたということだけではなかった。夫もまた、父親としてはごく平凡な男にすぎないと思い知らされたこと——そのショックのほうが大きかった。

彼女がなぜ山荘から電話せずに、わざわざ車で二十分もかけて電話ボックスまでやって来たのか。普段の彼ならば、そこによほどの事情があるのにちがいない、と気づいてくれるだろう。それを、ただ正実の話をうのみにして……。彼もやはりひとりの父親なのだ。夫である前に父親なのだ。

車を走らせながら、不意に涙がこみ上げて来て目がかすんだ。あわてて目をこすった。カーブが目の前だ。ハンドルを思い切り回す。車はバウンドしながら、なんとか向きを変えた。が、次のカーブがすぐ目の前だった。ハンドルをもどすひまがなかった。立木が視界に飛び込んで来る。紀子は頭をかかえ込むようにして身を縮めた。

車は木に正面からぶつからず、かすめるようにして木の間を抜け、林の中へ突っ込んだ。そして茂みを引きちぎるようにして、細い木へぶつかって止まった。

その瞬間、紀子のからだははね上がって、フロントガラスへいやというほど頭をぶつけた。しかし、衝撃がそれほど激しくなかったので、ガラスは割れずにすんだ。割れていれば重傷を負うところだったろう。

しかし頭のほうが割れたのではないかと思うような痛みが襲って来て、紀子は呻《うめ》き声を上げた。

車の中にいては危ない！　なんとかドアを開けて、紀子は茂みの中へ転がり出た。そしてそのまま気を失ってしまった。

二日目、午後

紀子が意識を取りもどしたのは、雨の粒が顔を打ったからだった。

茂みの中で、やっとからだを起こす。ガソリンの匂いがした。すぐそばで、自分のフォルクスワーゲンが立木をへし折りながら止まっているのを見ても、いったい自分がどうしてこんなところにいるのか、なかなか理解できなかった。

起き上がろうとして、めまいに襲われ、しゃがみ込んでしまう。少し吐き気もした。しばらくうずくまっていると、少し気分がよくなったが、ショックのせいか、膝《ひざ》に力がはいらず、なかなか立ち上がれない。木につかまって、やっとの思いで立ってみる。――なんとか歩けそうだ。

ともかく、車は使えない。車体そのものは大丈夫そうだし、バンパーやヘッドライトが壊れたぐらいらしいが、ガソリンの匂いがするのは危険だ。まず道へ出よう。

林の中にいるときは、ポツリポツリと当たるくらいだった雨は、実際にはかなりの降りだった。

山荘まで、あとどのくらいあるだろう?

どれくらい走って来たところで事故を起こしたのか、見当がつかなかった。

しかし、ともかくここに立っていても、ほかの車が通りかかるという可能性はゼロに近い。国道までもどれば車は通るが、山荘まで寄り道をして送ってくれるような物好きはいないだろう。

仕方ないわ……。

紀子は諦めて歩き出した。山荘へ向かって。――雨が少し強く降り出して、たちまち全身がびしょ濡《ぬ》れになる。額が濡れると、少しヒリヒリと痛んだ。手でさわってみると、少し血がついた。額を少し切ったらしい。

これくらいのけがですんだのが奇跡といってもいいくらいだ。

全く、なんて週末なのかしら。

紀子は苦笑いした。免許取りたてで、買ったばかりのフォルクスワーゲンを壊してしまうんだから。

雨がいっそうひどくなった。からだが冷えて来て、紀子は身震いした。まだ十月とはいえ、この辺は真夏でも夜は毛布をかぶらなければ寒いほどの気候である。雨の日には底冷えのするような寒さなのだ。

早く山荘に着かないと……。

風邪をひいてしまう。――いや、もしあのまま気を失って雨に打たれていたら、からだが冷え切って凍死してしまったかもしれない。

紀子は足を早めた。

しかし車で二十分の道のりである。半分まで来ていたとして、五、六キロはあることになる。歩いて一時間。急がなくちゃ。

雨は、ときおり、やみそうに見えて、また降りつづけた。上空は黒い雲が早く流れて、強い風が吹いているようだった。

　豪雨といいたいほどの降りになった。雨は音をたてて木々を洗い流し、道に流れて溢れた。たまりかねて、紀子は傍の林へと飛び込んだ。

　林の中を歩けば、ずいぶん濡れ方も違っただろうが、背丈ほどもある茂みを歩くのは無理だった。――もう少しだわ。もう少しのはずだわ。紀子は自分にそういい聞かせていた。

　少し雨が小降りになったところで、思い切って林を出ると、また紀子は歩きはじめた。からだが冷え切っているのがわかる。歯がガチガチと鳴った。靴は水がはいって、まるで水たまりの中を裸足《はだし》で歩いているようだ。紀子は泣き出したいのを、必死でこらえた。泣いたところでだれも助けには来ない。

　これもあのこども――わずか十一歳のこどものせいだと思うと、急に何もかもがいやになって来た。腹が立つよりも、このままどこかへ行ってしまいたいという衝動が起こった。山荘へもどって、またあの正実と一緒にいなければならないのかと思うと……。

　そういえば、きのう、彼を送って車で山荘を出てから、一度も正実の顔を見ていないことに気づいた。偶然ではない。わざと正実は彼女の裏をかいて姿を見せないようにしている。なぜ？　いったい何を考えているのだろう？

　しかし、ともかくいまはそんなことを考えている余裕はない。一刻も早く山荘へ帰りつくことだ。このままでは肺炎にでもなりかねない。

思いのほか、道は長かった。してみると、事故を起こしたのは、比較的国道の近くだったのかもしれない。国道へ出ればよかった、と思った。正実が心配するはずもないし、たとえ正実が父親にいいつけても、彼女のほうも、じっくり話せば彼がわかってくれるという確信がある。

しかし、もう遅すぎる。いまとなっては、山荘のほうが近いに決まっている。どんなにかかっても、歩きつづけるほかはないのだ。――幸い、雨は小降りになって、上がりかけたようすだった。

学生時代から、彼女が信条としていることがひとつある。それは、もうこれ以上耐えられない、と思ったときが、やっと半分終わったところだ、というのである。マラソンをする。試験勉強をする。炎天下《えんてんか》にバレーボールコートの草むしりをする。――そんなとき、いつも自分にそういったものだ。

もうだめだ、って？　じゃ半分終わったところよ。

そう考えることで、気持ちにひとつの区切りがつき、また一から始まるのだという気がする。それがこの信条の利点であった。

ぬかるんだ道は、まるで沼地を歩いてでもいるように、足にからみつき、まとわりつき、足の運びを重くする。しだいに足が上がらなくなって来て、何度か転びそうになった。

不意に、紀子はあることを思い出してハッとした。山荘を示す『小杉』という立て札がなくなっていたことだ。

「まさか……」

知らぬ間に私道の入口を通りすぎてしまったのではないだろうか？――紀子は立ち止まって、周囲を見回した。そんな目で見ると、まるで見たことのない風景のような気もするが、なにしろただの林の中である。どこで立ち止まろうと周囲にそう変わりのあるはずもない。

紀子は行くもならず返すもならず、といったようすで立ちすくんでしまった。もし通りすぎてしまったのだったら、行けば行くほど山荘から遠ざかることになってしまう。もしまだ山荘への道まで行きついていないのなら、もどるのは、せっかく縮めた距離をまた引きのばすことになってしまう。

あの立て札を抜いて捨ててしまったのは、正実にちがいない。――紀子はそう思った。まさかこんな事態を予期していたわけではないにせよ、何かの役に立つと思ったのではないだろうか。

しかしともかくいまは、そんなせんさくは無用だ。問題は進むか、もどるか。ふたつにひとつを選ぶことである。歩いている感覚からいえば、もうとっくに着いていておかしくない。しかし、雨の中、このぬかるみ道である。その感覚はあまりあてにしないほうがいい。

確かなことは、じっとこうして立っていれば、まだ降りつづいている細かい雨にますますからだを冷やされるということだ。

紀子は進むことに決めて歩き出した。あまり先まで行って、それでも着かなかったら、引き返して来る。——そう決めると、心が軽くなった。ふたつにひとつという岐路で決断を迫られたことが、かえって紀子の気持ちを引きしめたようだった。

だが、運のほうでは彼女にいい顔をしてはみせなかった。少し行くと、また雨がひどくなった。顔を伏せて歩いていたのでは、私道の入口を見すごす恐れがある。手をひさしのように目の上へかざして、歩きつづけた。

不意に、紀子は私道へ曲がる角に立っていた。それが近づいて来るという意識は全くなく、突然、そこで足を止めている自分に気づいたのだった。

幻か何かではないかと怪しむように目を閉じては開いて見直した。——まちがいない！

「着いたんだわ！」

急に風が強くなった。雨が横なぐりに叩きつけて来た。紀子は最後の元気をふりしぼって、私道を山荘へ向けて駆け出した。

いままで歩いて来た泥の道に比べると、私道は砂利道なので、ずっと楽だった。二百メートルの距離を、ほとんど頭を下げ、雨に向かって突っ込んで行くような格好で走った。

途中で息が切れ、足を緩めたが、もう山荘が木々の合間に姿を見せていた。

ポーチへ駆け上がると、紀子は大きく肩で息をついた。喉がひりひりと焼けつくように痛い。ともかく、雨だけからは逃れられたのだ。

玄関のドアには鍵がかかったままだった。紀子は呼び鈴を続けざまに何度も押した。

「正実君！　開けて！」

とドアへ口を寄せて叫んだ。

「びしょ濡れなのよ！　開けて！　早く！」

呼び鈴が壊れるかと思うばかりに押しつづけたが、中からはなんの答えもなかった。

急に悪寒《おかん》が紀子の全身を貫いて走った。雨は降りかからない代わりに、風だけが濡れたからだに吹きつけて、凍りつくように寒かった。

このままでは熱を出す。

「開けて！　開けなさい！　早く開けなさい！」

力いっぱい、ドアを叩いてみたが、中は墓地のように沈黙したままだ。

紀子はポーチをぐるっと回って、わきへ出た。居間のガラス窓がある。雨の中へ駆け出し、大きな石を取って来ると、思い切り窓へ投げつけた。ガラスが粉々に砕ける。穴から手を入れて鍵をはずし、窓を開けると、中へはいり込む。

居間の中へはいって、紀子は大きく息をついた。やっと帰って来たのだ！　やっと！

「急がなくちゃ！」

ぐずぐずしてはいられない。正実のことも気にはなるが、いまはからだを暖めることが先決だ。

紀子は廊下へ出て階段を駆け上がり、寝室へと飛び込んだ。

濡れた服を引きはがすように脱ぎ捨てると、浴室へ行き、熱いシャワーを頭から浴びた。

冷え切ったからだに、シャワーの矢が痛いほどに感じられたが、しばらくすると、少しずつ感覚がもどって来る。

「生き返ったわ!」

思わず口をついて言葉が出た。

浴槽に湯を入れて、すっかり沈み込む。このときほど風呂がいいものだと思ったことはなかった……。

たっぷり風呂につかって、寒気や悪寒も引いたようだった。

裸のからだにタオル地のバスローブだけまとって、部屋へもどり、タオルで髪を拭いていると、インターホンから、正実の声がした。

「お帰り」

紀子は怒りを抑えて静かな調子で、

「どうしてさっき玄関を開けなかったの?」

ときいた。

「呼び鈴を鳴らしたの？」

「とぼけないで！　あれだけ鳴らして、聞こえないはずないでしょ！」

「トイレにはいっていたんだ」

何食わぬ調子で、正実はいった。

「こっちは危うく凍死するところだったのよ！」

「車の中で？」

「歩いてもどったのよ」

「どうしたのさ？」

「車が故障でね」

「ワーゲンは故障しない、ってパパがいってたよ。どこかにぶつけたんだ、きっと。そうだろ？」

「……ええ、そうよ。木にぶつけたの」

「けがしなかったの？」

「かすり傷ひとつね。——残念でした」

と紀子はつけ加えた。ちょっと間を置いて、正実がいった。

「本当に残念だね」

紀子は一瞬寒気を覚えた。雨に濡れたせいではなかった。

「正実君。……少しゆっくり話し合ってみるときじゃないかしら、私たち」

「何をさ？」

「私たちのことよ」

「ああ。けさのこと、怒ってるんだね」

「スープに目玉を入れたこと？——そうね、それもあるわ」

「いまはいやだな」

「どうして？」

「女ってすぐヒステリーを起こすだろ。そしたら話なんかできないもの」

「いいこと。よく聞くのよ。あなたは私に何度叱られたって文句がいえないようなことをしたのよ。でも私は叱らない。私はあなたの母親で、この先何十年もずっとそうなんですからね。最初からあなたを叱りたくはないの。だから、きょうはけっしてあなたを叱らないわ。——ただ話し合って、あなたの気持ちを知りたいのよ」

「いまはいやだ」

紀子はため息をついた。

「いつならいいの？」

「いまはラジオでいい番組があるんだ」

「だから、いつならいいの？」

「お昼は自分で食べたよ」

「返事をしなさい！」

――インターホンは沈黙した。

紀子は目を閉じた。いまはいやだ、か。そういえば、彼女自身、いまは疲れ切っている。いま、正実と面と向かえば、自分を失ってしまうかもしれなかった。その点は正実のいうとおりだ。

「女はすぐヒステリーを起こす」

か……。紀子は思わず笑ってしまった。いまの十一歳のこどもというのは、みんなこんなものなのかしら？

時計を見ると、二時半だった。

紀子は急にお腹がすいて来た。


冷凍してあったピザをオーブンで焼いて、コーヒーをいれて飲みながら、ゆっくりと食べた。

こうしていると、まるでひとりきりのようだわ、と紀子は思った。静かな林の中の山荘。あの騒がしい都会に比べると、ここは別天地のようでさえある。

ピザを食べ終え、もう一杯のコーヒーを居間へ運んで行くと、紀子はソファーにくつろいだ。

——ここで、彼とふたりで並んですわりながらコーヒーを飲む。そんな図を、どんなにか長い間彼女は憧れていただろう。

初めて彼と結ばれた翌朝、ホテルの食堂へ下りて行ったふたりは、バイキング形式の朝食でにぎわっている食堂の入口でなんとなく顔を見合わせ、どこか外に出ようと、決めたのだった。

二十四時間営業の喫茶店は、ホテルの食堂に比べてけっして雰囲気がいいわけでもなかったし、コーヒーの味も、飲み放題のホテルのほうがずっとよかった。

それでもふたりは外へ出たかったのである。けさはきのうまでとは違うのだということを、実感したかったのかもしれない。

ふたりはずいぶんと黙りこくっていた。紀子は、こんなとき、男と女はどんな話をするものなんだろう、と考えた。

ともかく自分のほうから話を始めたくなかった。何をいうにしても、彼に責任を取ってくれと迫るように聞こえると困ると思ったからだ。むろん、彼が男やもめであることは百も承知だったから、それだけに、結婚を狙っていると思われるのはいやだった。

彼のほうも、何をいっていいのか、戸惑っているようすだった。——こんなことに慣れた男だったら、あとくされのないようにうまく話をするのだろうが、その不器用さが、彼の誠実さをあらわしているように、紀子には思えたのだった。

彼は困ったような顔であちこちへ目をやり、さんざんコーヒーカップをいじくり回してからいった。

「きょうの説明会は何時からだったかね？」

紀子は大声で笑い出してしまった……。

紀子はソファーにゆったりとからだを沈めて、そっと微笑んだ。もしあのときだけで彼と別れることになったとしても、けっして彼を恨みはしなかったろう。それほどに、彼は誠実な男だった。

しかし、ともかくいまはこうして、彼女は彼と結婚し、彼の留守を守っている。――えらく古いいい回しだが、そういうのがいちばん適当のような気がした。

自分はいま、幸せだ。――そうでないはずがあるだろうか？

ただひとつの影があるとすれば、それは正実だ。しかし十一歳という、いかにもデリケートな年齢を過ぎて、中学、高校と進んで行けば、母親のことなど目もくれなくなるだろう。そうなれば、ふたりの間にまた新しい感情が生まれて来よう。

せっかちに考えてはいけないのだ。長い目で見なくては……。

そのうちに――そう、彼女自身もこどもを産むだろう。育児に追われるようになれば、何もくよくよと考えている余裕などなくなるにちがいない。

それが生活というものだ。毎日、毎日の積み重ね。一見単調なくり返し。目につかないほどの、わずかな変化が人生を造り上げているのだ……。

紀子はいつの間にか眠気がさして来ているのに気づいた。疲れているのだ。雨の中を、あれだけ歩いて来たのだから。

大時計が三時半を打った。重く、ズンとお腹にひびく音を出す。——まだ早い。少し眠っても大丈夫だ。一時間か二時間。ほんの……ほんの少しの間。

二日目、夜

目が覚めると、大時計が時を打っていた。見ると六時半だ。

「もうこんな時間！」

三時間も眠ってしまった。

「夕ご飯の支度だわ」

だいぶ眠ったせいか、疲れが取れて、からだが急に軽くなったような気がした。

まだ風呂から出たバスローブのままだったので、いったん寝室へ上がって、服を着替えた。できるだけ若々しい、明るい色のシャツを着た。

階下へ下りたとき、電話が鳴った。急いで食堂へはいり、受話器を上げる。

「もしもし」

「きみか!」

「あなた、どうしたの?　そんなびっくりしたような声を出して」

「どうしたじゃないよ。大丈夫なのか?」

「え?」

「車だよ。きみのワーゲンが木にぶつかっていると警察から連絡があったんだ」

紀子はハッとした。そうだった。車のことをすっかり忘れていた。

「ごめんなさい、私……」

「大丈夫なのか?」

「ええ。ちょっと額をフロントガラスにぶつけてすりむいただけよ」

「それならいいけど……」

彼がホッと息をついた。

「いったいどうしたんだ?」

「それが……昼、あなたに電話したあと、帰る途中でハンドルを切りそこねて」

「スピードを出しすぎてたんじゃないのかい?」

涙で目がくもって、といいたかったが、やめておいた。

「そんなつもりはなかったけど……」

「まあ、きみが無事ならいい」

「ごめんなさい。そのあと、雨の中を何時間も歩いて帰ったものだから、疲れて、ついさっきまで眠ってたの。警察へ届けなきゃいけないっていうのを忘れていたわ」

「何しろ車が木にぶつかって、だれも乗っていない。付近にもだれもいないというからびっくりしてね」

「心配かけてごめんなさい」

と紀子はいった。

「それから車のほうは大したことないと思うわ。修理しなきゃならないでしょうけど」

「車のことはいい。いくらでも買い替えがきく。きみはひとりなんだからね」

「そうね。……しばらく車は乗らないわ」

「そうしてくれ。用があるときはタクシーを呼ぶといい」

「そうするわ」

紀子は素直にうなずいた。

「車はどうすればいいの？」

「警察ではすぐに来てほしいといっているんだ」

「あなた無理でしょう？」

「きみ、行けるか？……もし出るのがいやなら……」

「いいえ、大丈夫よ」

紀子は急いでいった。

「お仕事をちゃんと終えてから来てちょうだい」

「すまない。飛んで帰れるといいんだが……」

「いいのよ」

「正実のやつはおとなしくしてるか？」

「ええ」

まさか、あなたが出かけてから一度も会っていないのよ、ともいえないではないか。

「あすの夕方にはそっちへ帰れると思う」

「そう？」

「信じないのか？」

「あなたの予定はいつも最低三時間はのびるんだもの」

彼は笑って、

「それは独身時代のことさ。あすの夕食はそっちで食べると約束するよ」

「待ってるわ」

「あてにしないで、かい？」

「そうね」

「じゃ、ともかく地元の警察のほうへはぼくが電話しておく。タクシーを呼んで行って来てくれ。免許証を持ってね」

「わかったわ」

「ただ向こうでは書類上の手続きが必要なだけなんだ」

「ええ」

「心配することはないよ」

「大丈夫よ」

「それじゃ、気をつけて」

「あなたも、無理しないでね」

「わかってる」

「正実君に代わる？」

「いや、いいよ。——それじゃ」

「さよなら」

彼の声を聞いて、慰められてもいいはずだが、なぜか急に寂しさが身に迫って来るような気がした。——本当に大切なことは、どうしてもいえない。なぜだろう？　本当になぜだろう？

紀子は気を取り直して、台所へ行くと、手早くローストビーフを温めて、盛りつけた。

「正実君」

とインターホンへ呼びかける。

「壊した車のことで警察へ行って来なきゃならないの。夕食の支度はしてあるから、ひとりで食べていてね。そう遅くはならないと思うけど……」

返事はなかったが、べつに念は押さなかった。きっと聞こえているのだろう。

自分もローストビーフをひと切れつまんで口へ入れておいて、二階へ上がり、ワンピースに着替えた。ハンドバッグを手に下へ下りて、電話でタクシーを呼ぶ。――『小杉』の立て札がなくなっていたのを思い出し、急いでつけ加えた。

私道を出て待っていればいいわ。――バッグの中に鍵があるのを確かめる。また閉め出されてはかなわない。

玄関の所のインターホンへ、

「じゃ、出かけて来るわ。鍵はかけて行くから。――チェーンはしないでね」

と声をかけておいて、玄関のドアを開ける。

すっかり雨は上がって、月明かりが白い光を投げている。表へ出て、ドアを閉めようとしたとき、インターホンから正実の声がした。

「ごゆっくり」

紀子は得体の知れない怖さを感じて身震いした。が、すぐに笑って、

「ばからしい！」

と呟くとドアを閉め、鍵をかけた。

外はむろん、街燈《がいとう》などない。しかし月明かりで、足元は明るかった。砂利道なので、比較的水たまりは少なかったが、それでも用心して歩かないと、靴の中に水がはいりそうだった。

途中で、なんとなく山荘のほうをふり返ってみると、月明かりに浮かぶ姿は、まるで怪奇映画に出て来るお化け屋敷のようだった。

二百メートルの道が、ひどく長く感じられた。私道の入口の所で立っていると、十分ほどして、タクシーの灯が近づいて来るのが見えた。

なんとなくホッとして、紀子は我知らず微笑んでいた。

お役所仕事、とはよくいったものだ。山荘の前でタクシーを降りた紀子は、タクシーの赤い尾燈が遠ざかるのを見送りながら思った。

たった二、三枚の書類を作るのに、二時間半もかけたのだ。途中で、

「まあ、お茶でもどうです」

「コーヒーでも」

とすぐに休憩がはいる。彼女に気を遣っているというより、自分たちが休みたいのだろ

う、と紀子は思った。

ともかく小杉の秘書時代から、てきぱきと迅速な事務処理に慣れている紀子だ。苛立ちを抑えるのに苦労した。自分が車をぶつけたのが悪いのだと思うから黙って我慢していたが、そうでなければ怒鳴りつけてしまうところだ。

もう十時を過ぎている。正実は寝ているだろうか？　いまのこどもは夜ふかしだそうだから、まだ部屋でラジオでも聞いているかもしれない。

いずれにしても、話し合うにはもう遅い。あすにしよう。あすの夕方には彼も帰ってくる。父親がもうすぐもどるとなれば、正実も素直に話をするかもしれない。

鍵を出して、開ける。――チェーンは、かかっていなかった。中へはいってドアを閉めると、鍵をかけ、チェーンも忘れずに……。

耳を澄ますと、かすかにクラシック音楽らしい調べが聞こえて来る。まだ起きているんだわ。――まあいい。休みのことだもの。口やかましくいっても仕方あるまい。ほうっておこう。

台所のほうへ廊下を歩いて行く。

何の曲だったかしら、これ？

どこかで聞いたことがある。

「私が知ってるくらいだから、よほど有名な曲ね」

と独り言をいって、微笑《ほほえ》んだ。ベートーヴェン。そうだ。ベートーヴェン。『第五』？いいえ、あれはジャジャジャジャーンだものね。『第九』は合唱つきだし……。

「エロイカ。そうだわ『英雄』だ」

学校の音楽の時間に聴かされた記憶があるわ。これは確か第二楽章の……。そう『葬送行進曲』だ。

台所の皿はきれいに平らげてあった。皿の下に、またメモがあり、

『ごちそうさま』

と記してあった。やれやれ、と紀子は笑った。これじゃまるで昼メロの恋人たちね。すれ違い、またすれ違いで。

紀子もお腹がすいていた。何しろ警察で、お茶やコーヒーばかりガブ飲みして来たから、変にもたれている感じだ。

冷めたご飯とローストビーフを電子レンジで温めると、紀子はテーブルについて食べはじめた。なんだか、夜食をとっているようで、妙に懐かしい気がする。

学生時代、試験勉強をするのはもちろん好きではなかったが、ただ、夜食が食べられるというのが楽しみだった。母親が気を遣って、からだが暖まって、栄養があって、消化がよくて、おいしいもの……といろいろ工夫してくれたものだ。

自分も、正実がそんな年齢になったら、同じようにしてやろう。いまのこどもたちは、あまりに構われすぎるか、そうでなければ構われなさすぎるかのどちらかだ。任せるべきところは任せ、構うべきところは構う。いまの親にはその判断がつかないらしい。

——紀子はそう考えて、おかしくなった。まるで一人前の親になったみたいに、わかったようなことをいっている。

お茶をいれて、最後にお茶づけを一杯かっこんだ。さっぱりして、おいしい。夜食にお茶づけか。悪くない。

テーブルにコーヒーポットがのっていて、まだ二杯分ほどのコーヒーが残っていた。正実が自分でいれたらしい。これはあまり感心できない。十一歳の少年が、本物のコーヒーを、夜飲むのでは、眠れなくなる。

紀子はコーヒー好きである。高校のころから自分でいれて飲むようになったし、喫茶店を渡り歩いて、おいしい店があると聞くと、わざわざ電車に乗ってまで出向いたものだ。

「その熱心さの半分も勉強に熱心なら、すぐ優等生だがね」

母はよくそういって笑ったが、べつに怒りはしなかった。母自身が大変なコーヒー党だったからだ。——その母は、紀子が二十歳のとき、死んだ。コーヒーとは関係ない、心臓の病気だった。

テーブルにはコーヒーポットのほかに、まだ使っていないカップがひとつ伏せてあった。飲めということだろうか？　正実自身も同じカップで飲んでいたらしい。ということは、これは紀子の分なのにちがいない。

どういうことなのだろう？

少しは彼女に悪いことをしたと思っているのか。それとも——いや、いい意味にとるべきだろう。正実からの、ちょっとしたプレゼントなのだ。

わざわざ礼はいわないことにした。口をきけば、また双方意地のはり合いになるのは目に見えている。黙って飲んでおけばいい。あすになって、自分のいれたコーヒーを彼女が飲んだと知れば、きっといい気分になるだろう。

いま、ふたりの間に必要なのは、抽象的《ちゅうしょうてき》な話合いよりも、そういった共通の感覚——というと大げさだが、一緒に何かを経験することなのかもしれない。

紀子はポットをガスの火にかけて温め直してからカップに注いだ。冷蔵庫から牛乳を出して入れる。粉のクリームはきらいだった。いつも牛乳にしている。粉は脂っぽくてくどくなるからだ。

砂糖なしで飲んでみて、ちょっと苦味が強すぎるので顔をしかめた。温め直したせいもあるのかもしれない。砂糖をひとさじ入れると飲みやすくなって、おいしくなった。『ひとさじのお砂糖』か。そんな歌があったなと思った。何かのミュージカル。

そう、『メリー・ポピンズ』だ。いえ、『サウンド・オブ・ミュージック』だったかしら？——違う、違う。『メリー・ポピンズ』だわ。どっちもジュリー・アンドリュースだったから、ごっちゃになってしまう。

ひとさじのお砂糖で、苦い薬も楽に飲める……。そんな歌だったっけ。自分にとって、ひとさじの砂糖は何なのだろう？——愛？　それじゃあんまり月並みだ！　彼のキス？そうかもしれない。

あの映画には、それから、えらく長い呪文の歌があった。それを唱えるとなんでも望みが叶う。ちゃんと覚えているんだ。何しろあの映画を五回も観たのだから。

スーパーカリフラジリスティックエクスピアリドーシャス。どう？　ちゃんと、まだいえるんだから。私にとって、万能の呪文は？——小杉紳吾。ワンパターンね、本当に！

紀子は笑った。なんとなく心が軽くなって、楽しかった。きょう一日の疲労と緊張の反動なのかもしれない……。

少し瞼が重くなって来た。疲れているのかしら？——コーヒーで眠くなるなんて、妙ね。もう十一時？　もう寝なくちゃね。風呂へはいってから……。風呂は一度はいったけど、やっぱりもう一度はいっておこう。あの警察でノミでも拾って来たかもしれない。

そんなに汚かったというわけじゃないが、犬をかかえたおばさんが来ていて、犬がひっきりなしにからだをかくので、毛がやたらに飛び散っていたっけ。服につかないようにと、気になって仕方なかった。

でもずいぶん眠い。今夜はこのまま眠ってしまおう……。ともかく上へ行かなくちゃ。

その前に洗い物をすませて、戸締まりを見て。――そうだ。昼間、叩き割った窓がある。

何か板でも打ちつけておかなくちゃ。うっかり忘れていた。

お皿を洗って……戸締まり……窓……ガラス……板……。

紀子はテーブルに顔を伏せて、そのまま眠りに落ちてしまった。


胸を鉛で押しつけられたような胸苦しさに、紀子は目が覚めた。

なんだろう？　どうしたんだろう？　息が……息ができない……。

ガスだ！　ハッと紀子は顔を上げた。いつの間にか床に伏せて倒れている。

「ウ……ウ……」

呻くような声がかろうじて出た。上体をやっと起こしたものの、四肢は鉄の塊のように重く、思うように動かない。

ここのガスはプロパンだ。空気より重いから、床に淀む。上へ出れば、顔を上へ出せば……。

紀子は必死の思いでテーブルの足につかまり、椅子の台座につかまって、からだを引っ張り上げた。シューシューと、ガスの放出される音がしている。早く止めなくては。そして窓やドアを全部開けて……。

やっと顔がガスの上に出て、紀子は喘《あえ》ぐように呼吸した。空気が足らなくて水面で口をパクパクする金魚のようだ。ともかく胸の圧迫感が軽くなった。

よろけるような足取りで、ガス台のほうへと歩いて行き、コックを閉じる。それから、よろよろと裏口のドアのほうへ行った。鍵をはずして、ドアを開けると、紀子は転がるように外へ飛び出した。

服が汚れるのも構わず、庭の土に膝をつき、ハアハアと大きく呼吸をくり返した。頭がしびれるように重く、吐き気がした。

夜の冷たい、新鮮な空気をしばらく吸い込んでいるうちに、少しずつ気分もよくなって来た。——危うくガス中毒だ。

いったいどうしたというのか？　何があったのか？——少し考えてみようと思ったのは、庭へ出て、三十分以上もたってからだった。

ガス台の栓《せん》は三つとも全開になっていた。自分でそんなことをするはずがない。そして床に寝ていたのはなぜなのか……。

コーヒー。あれを飲んで、眠ってしまった。

紀子は、ただひとつの結論に行きつかざるを得なかった。

正実だ。コーヒーに睡眠薬を入れ、プロパンガスのコックをひねっておいて、彼女を床におろしたのだ。ぐったりとしたおとなのからだを動かすのは、十一歳の少年には大変だろうが、持ち上げるわけではなく、寝かせればいいのだから、できないことはない。

紀子はじっと、山荘を見上げた。——正実が自分を殺そうとした。悪夢ではない。現実なのだ。殺そうとしたのだ。

紀子は慄然とした。

二日目、深夜

台所へはいると、もうあらかたガスは消えているようだったが、まだずいぶん匂いは強く残っていた。

からだのだるさはほとんど抜けていた。頭痛と吐き気はガスのせいというより、睡眠薬のせいではないかと思った。

それにしても、目覚めるのがもう少し遅かったら、からだがいうことをきかず、そのまま死んでいただろう。

薬の量があまり多くなかったか、それとも、紀子が以前睡眠薬を飲んでいた時期があったので、効き目が薄かったのかもしれない。

むずかしい問題が目の前に横たわっていた。正実は明らかに殺意をもって、彼女を殺そうとしたのだ。どうすればいいだろう？　いたずらとはわけが違う。ほうっておくというわけにはいかない。

相手は十一歳だ。しかしそう思ってこども扱いしてかかるとひどい目に遭うにちがいない。法律的に未成年なのだから、親に責任があることになる。自分も正実の親だ。しかし、親を殺そうとした子を、いったいだれが警察へ引き渡すのか？

ともかく、このままにはしておけない。

紀子は決心した。彼に知らせて、即刻帰ってもらおう。もう仕事がどうこういっているときではない。

紀子は電話へ歩み寄り、受話器を取って、ダイヤルを回そうとしたが、そのとき、発信音が聞こえていないのに気づいた。受話器をいったんもどして、もう一度取ってみたが同じだった。フックをガチャガチャと叩いても、ウンともスンともいわない。

紀子は、諦めた。——なんという恐るべきこどもだろう。電話機を切ったのにちがいない。ここでかからないのだから、ほかの部屋でもかからないだろう。一応ためしてはみるにしても、望みは薄い。

しかし、正実はいま、どこにいるのか。自分の部屋にいるほどばかではあるまい。そうなると、どこかで彼女を殺すべく、ほかの方法を練っているのかもしれない……。

「よく助かったね」

突然、インターホンから声がして、紀子は飛び上がった。

「正実君……」

「薬が足りなかったんだ。そうなんだよ。少ないと思ったんだけどね。コーヒーに入れたのもまずかったかな。コーヒーは興奮剤だしね。でもコーヒーくらい苦くないと薬の味がわかっちゃうだろ」

「正実君、どこにいるの？」

「いわないよ。いえばぼくをつかまえようとするんだろ」

「どうして……どうしてあんなことを？」

「簡単だよ」

正実はいった。

「あんたを殺したかったのさ」

「私がそんなにきらい？」

「あたりまえじゃないか」

「前のママのことが忘れられないのね？　でも、ママは死んだのよ！」

「ばかだなあ」

「え？」

「ママのことなんて関係ないよ。ただ、ママを持ち出しゃ、そっちは黙るだろ。だからいってただけ」

紀子は言葉がなかった。正実は続けた。

「パパのことさ」

「パパが……どうしたの？」

「ぼくとパパはうまくやってたんだ。仲がよかったんだ。本当だよ。ぼくは、どんなに遅くなってもパパの帰るまで起きてたし、パパだって、休みが取れたら、必ずどこかへ連れてってくれた。ふたりで本当に楽しかったんだ。それが――」

「私のせいで変わったっていうのね？」

「そうさ！　貴様がのさばり出してから、パパは仕事が終わっても、まっすぐ帰って来なくなったし、休みの日も出かけちまうようになったんだ！　貴様がパパをあんなふうにしたんだ！」

「正実君、それは違うわ。パパだってあなたにいつまでもおかあさんがいなくてはよくないと思って――」

「ふざけるんじゃねえや！」

「正実君――」

「ぼくなんか邪魔者なんじゃねえか。いなけりゃどんなに気が楽かと思ってんだ。そうだろう！」

「正実君、あなたはパパを好きなんでしょう？　それだったら、パパの幸せを考えなきゃいけないわ。パパはまだ若いのよ。奥さんをもらって、ふたり目、三人目のこどもを――」

「やめろ！」

正実が甲高い声で叫んだ。

「パパはぼくひとりのもんだ！」

「正実君！」

「それで終わったと思うなよ。朝までに殺してやる！」

「いい加減にしてよ！」

紀子は怒鳴った。

「あんたはこどもなのよ！　ばかなまねはよしなさい！」

「いばってりゃいいや。いまのうちだよ」

「捕まえて警察へ突き出すわよ！」

「貴様なんかに捕まるもんか！」

いったい正実はどこでしゃべっているのだろう？　廊下か？　自分の部屋か？　それとも……。

「電話は使えないぜ」

と正実が得意げにいう。

「車もないし、逃げられやしないんだ。諦めろよ」

そのとき、インターホンを通して、時を打つ、大時計の音が聞こえて来た。

居間にいるんだ！——紀子は食堂を飛び出した。廊下を駆け抜け、居間のドアを、思い切り開け放つ。

見たところ、居間には人影がない。

「そんなはずはないわ……」

どこかに隠れている。ソファーの後ろか、下か。——逃げる余裕はなかったはずだ。居間を出れば廊下で行き合うはずだし……。

紀子はゆっくりと足を居間の中へ踏み入れて、ひとつひとつ、ソファーの後ろや下をのぞいて行ったが、正実の姿はない。

「そんなことが……」

ふと見た大時計にハッとする。時計の針は、一時十五分になっていた。さっきインターホンで音を聞いてから、まだせいぜい五分だ。するとさっきの音は……。

「テープレコーダーだわ！」

テープに大時計の音を入れておき、インターホンのそばで聞かせたのだ。紀子は唇をかんだ。また、やられた！

しかし、なぜ正実はそんなことをしたのか？　からかってみせただけか？——いや、いまの正実はもっと真剣になっている。

するとと、紀子をこの居間へ誘い出したのは、台所に用があったからかもしれない。

紀子は居間を出て、台所へと取って返した。台所へ駆け込むと同時に、庭へ出る裏口のドアがバタンと音をたてて閉じた。庭を走る足音。

「待ちなさい！」

飛び出しかけて、紀子は一瞬、台所の中を見回した。正実がここへ来たのはなんのためだったのか？　裏庭へ出るだけなら、窓からでも出られる。ここに何か目的が……。

ふと目が包丁掛けに止まって、ギクリとした。一本欠けている。小さくて、先の尖った肉切り包丁が……。


裏口のドアをそっと開けて、紀子は外をのぞいた。

暗い。いや、月明かりはあるのだが、林の中には光も届かない。小さな庭を横切ると、すぐに林へはいって行くのだ。その先は闇夜より暗い暗がりである。

正実はどこにいるのだろう？　あの林の中へはいったのなら、夜の間はまず見つからない。出て行くのは危険だ。どこに正実が潜んでいるかもしれず、しかもあの包丁は人を刺すのにも十分な切れ味だから。

紀子は、ドアを閉め、鍵をかけた。今度はこっちが正実をしめ出してやる番だ。追って来ると期待しているのなら、肩すかしを食らわせてやる。

明るくなれば、なんとでも方法はある。夜明けまで、じっと中で待っていよう。

紀子は台所の引出しからビニールテープを取り出すと、一階のインターホンをひとつずつ回って、ボタンを全部押した状態にして、テープで止めておいた。こうしておけば、どこかの部屋の窓ガラスを割ってはいろうとしても、音でわかる。

紀子は各部屋のドアを全部開け放しておいた。少しでも見通しがいいように、だ。自分で壊した窓の所へは、サイドボードを動かしてふさいだ。これをむりに動かそうとすれば中のグラスが倒れて派手な音をたてるにちがいない。

紀子は台所にもどって、時の過ぎるのを待った。


もう三十分以上、コトリとも音がしなかった。いったいどこにいるのだろう？　何を考えているのだろう？

こどもの集中力には、とてもおとなのかなわないものがある。――何かひとつを思いつめたら、いつもはどうしようもなく飽きっぽいこどもが、驚くような粘りを発揮する。いまの正実もそうなのかもしれない。

それほどに彼女が憎いのか、殺せばただですまないことぐらい、十一歳にもなればわかっていそうなものだが。

紀子は、ふと顔を上げた。頭の上で、何か物音がしたような気がしたのだ。——気のせいだろうか？　だが、確かに床板のきしむ音のようだった。

二階へ？　あの虚弱《きょじゃく》に見える子が二階の窓までよじ登って行くなどということがあるだろうか？

——紀子はハッと気づいた。庭には道具小屋がある。あそこには折りたたみ式の梯子《はしご》があったはずだ。彼がいっていたことがある。雨どいを直すので梯子にのぼることもあるんだ、と……。

この台所の真上は——紀子たちの寝室である。窓に鍵をかけてあったはずだが。しかし、はいるのはバルコニーから自分の部屋へはいったのかもしれない。

紀子はしばらく迷ってから腰を上げた。相手は包丁を持っている。——どうすればいいだろう？　こっちも何か持って行くか？　しかし、万一本当に争いになったとき、正実を刺してしまいかねない。それだけは避《さ》けなければ！

といって、無防備で行くのは危険すぎる。迷ったあげく、結局、何も持たずに行くことにした。大きなこん棒を手にして行くのも、あまりおとなげないではないか。十分に用心していれば大丈夫だ。

廊下をそろそろと歩いて、階段の下から、上のようすをうかがった。——しばらく耳を傾けていたが、何の物音もしない。

思い切って、紀子は階段を上り出した。自分たちの寝室のドアは閉まっている。中にいるのだろうか？　はいって来る彼女をひと突きにしようと、包丁を構えて待っているのだろうか？

紀子はノブを回すと、ドアをパッと開けた。――何も起こらなかった。ドアは壁にぶつかって、ゆるくもどって来た。正実は見えなかったが、油断は禁物だ。紀子は慎重に、ベッドの下や、浴室をのぞいてみた。やはり、さっきの音は気のせいだったのか……。

下へもどろう。――そう思って、部屋を出ようとした紀子は、なにげなくもう一度部屋を見回した。そのとき、それが目についた。

あれはなんだろう？　ベッドの頭の板からぶら下がっているものは……。近づいてみて、小さなマイクらしいということがわかった。

「どうしてこんな所に……」

と手に取ってみる。手のひらにはいる超小型のマイクで、コードがベッドの下へのびている。――紀子の顔が紅潮した。

正実だ！　正実がこのベッドに隠しマイクを仕掛けていた。目的は明らかだ。――それでは、ふたりで風呂へはいったのを知っているのも……。紀子は浴室へはいって行った。浴槽の真上の通風口から、同じ超小型のマイクがぶら下がっていた。

紀子は力をこめてマイクを引きちぎった。――これが十一歳の少年のすることだろうか？　もう正実を許せない、と思った。

しかし正実は、やはりここへ来たのだ。そして、マイクをわざと目につくようにしておいたのだ。こんなふうにしてあれば、気づかないはずはないのだから。

正実はどこへ行ったのだろう？　自分の部屋か。それともどこかの空き部屋にひそんでいるのだろうか。

そのとき、突然、音楽が大音響で鳴り出した。正実の部屋だ。急いで廊下へ出て、そのほうへと歩きかけて足を止めた。

いけない！　これも罠《わな》かもしれない。あまりに大々的すぎる。そっちへ注意をひきつけておいて、何かやるつもりかもしれない。ともかく、いつも裏をかかれつづけているのだ。正実の手にのってはいけない。

二階でこんなに派手に音を鳴らすとは……一階に用があるのかもしれない。音楽ぐらい、テープレコーダーにタイマーをセットすれば、いくらでも好きなときに鳴らせる。

きっとそうだ。正実は階下にいる！

紀子は向きを変えて階段を駆け下りて行った。踊り場から下へ踏み出したとき、足が何かに引っかかった。

「アッ！」

と短い声を出して、紀子は階段を転がり落ちた。

途中からだったので、それほどの痛みはなかった。しかし、したたか腰を打って、しばらく起き上がれなかった。

またやられた！

紀子は歯ぎしりした。正実は彼女の動きを読んでいたのだ。彼の部屋をのぞいて、テープだけが回っているのに気づけば、当然彼の目的は下にあると思って、階段を駆け下りて来ると予想していたのにちがいない。

全く、なんということもだろう。

しかし紀子の驚きはそれで終わらなかった。からだを起こしてふと横を見、目を見張った。――あの肉切り包丁が、尖った切先を上へ向けて立ててあったのだ。厚紙をうまく台に作って、そこへ包丁の柄をさし込み、刃が上を向くようにしてある。それが階段の下の中央に置いてあった。

もし紀子がこの上へ落ちて来たら、まともにこの刃がからだへ食い込んだろう。――ほんの数センチの差だった。

紀子は顔から血の気の引くのを感じた。

立ち上がると、包丁を手に取った。――これを持っていよう、と思った。こどもを相手に、などといっている場合ではない。

それにしても、正実はまたどこへ姿を消してしまったのだろう？

台所へもどってみて、紀子は、正実が早くも次の準備を進めていることを知った。包丁掛けから、また一本、包丁が消えていたのだ。

三時になった。あと二時間すれば夜が明けて来る。——家の中は静まりかえって、コトリとも音がしない。それがかえって気味が悪い。

いったい正実は何を考えているのだろう？　持って行ったのは、肉切り包丁よりだいぶ大きな包丁だ。——紀子は手にした肉切り包丁をじっと見つめていた。

これが、もしかすると自分の胸に突き刺さっていたのかもしれないと思うと、鳥肌が立った。そして十一歳の少年が、あんなことを考えたのかと思うと、いっそう寒気がする。

階段の踊り場のところには、たぶんラジオか何かに使うのだろう、細い針金がピンと張ってあった。ごく簡単な仕掛けだ。

次にどんな手を打って来るつもりか。予測もつかない。

居間の大時計が三つ、鳴った。——少し遅れているわ。台所のデジタル時計を眺めて、紀子は思った。

不思議なもので、大して時間に神経質でない人が、文字の出るデジタル時計を持つと、とたんに一分の狂いにもうるさくなる。だからといって、約束の時間などにルーズだった人間が時間を守るようになるかというとそうではないのだ。

彼は、恐ろしく多忙なスケジュールだったから、本当に極端なときは、分刻みの行動だったが、少々の狂いはあっても、従来の、長針と短針の腕時計をしていた。むろんジャガー・ルクルトの、七、八十万円もする高級品ではあったが、それでも正確さはデジタルに及ばない。しかし彼はデジタルの時計がきらいだった。

「あれには幅がないよ」

といつもいっていた。針を見て、大体何分くらい、ということがない。十二分なら十二分、十三分なら十三分。前後のしようがない、そこがいやだといった。「大体のところ」――それが人間には必要なのだ。少しぐらいのプラスマイナスは気にしない、という気持ちが。

「まあ数学のテストがこれじゃ困るけどね」

といって笑ったものだ。

あの彼と、いま、自分を殺そうとしている正実と。――なんと似ても似つかぬ親子だろう。もっとも、正実のようなこどもを、多忙な仕事のためにほうっておいたのは、やはり彼の責任にはちがいない。

このまま無事に朝を迎えて、彼がもどって来たら、どうなるのだろう？　何事もなかったような顔はできない。といって、正実を病院や施設に入れるようなことを、彼がするだろうか？

もし、そうなったとして、彼と紀子とが、夫婦としてうまくやって行けるのだろうか？紀子は絶望的な気分になっている自分に気づいた。もし、自分も正実も、どちらも傷つかずにすんだとしても、この問題はいつまでも尾を引くにちがいない。彼との間にも影を投げるだろう。

いっそ、自分が出て行こうか、と思った。それで彼と正実が、また以前の生活にもどるのならば……。

いや、だめだ、と思い直した。たとえ自分が身をひいても、それが解決にはならない。問題はもはや継母《けいぼ》と息子といった次元ではないのだ。正実が、人殺しをしようとしているという点なのだ。

いまはただ、無事に朝になってくれることだけが望みだった。そして早く彼がもどって来てくれることが……。

三時二十分。——正実は何をしているのだろう？

そう自問したときだった。家じゅうの明かりが消えて、山荘は完全な闇に包まれた。

三日目

しばし、紀子は動けなかった。不意に目かくしをされたような気分だ。——いったいどうしたのだろう？　考えてから、すぐに、呟いた。

「わかってるじゃないの！」

正実が電気の安全器を切ったのだ。――全くの闇だったが、外には月明かりがある。紀子は肉切り包丁を手に、そろそろと立ち上がり、まるで水の中を泳ぐような格好で窓まで行って、カーテンを開けた。

いくらか光がさし込んで、少し目も慣れて来たのだろう。ぼんやりと台所のようすがわかって来た。

正実の意図がわからないだけに、気味が悪かった。ただ紀子をおどかすために暗くしたのだとは思えない。何か考えがあるのだ。

ともかく、こっちからは動かないでいようと思った。

この台所にいる限りは安全だ。すぐに裏口からも飛び出せるし、目も慣れている。

じっと、窓のそばに、包丁を手に立っている自分の姿が、どう見えるだろうかと思って、紀子は苦笑した。安手のスリラーか何かの一場面だわ……。

突然、電話の鳴る音に紀子は飛び上がらんばかりに驚いた。

台所ではない。居間で鳴っているらしいのだが、針を落としても聞こえるような静寂《せいじゃく》の中では爆弾が落ちたようなショックだった。

とっさに、正実の罠だと思った。彼女をおびき出すつもりだ。大体、電話は通じないはずではないか。きっとあれもテープレコーダーか何かで……。

電話は鳴りつづけた。——あれが録音した音だろうか？　闇へしみわたるように鳴りつづけるあの音が……。

紀子は、居間の電話が親の電話になっていると聞いていたことを思い出した。親の電話だけが通じるようにするのはむずかしいことではあるまい。しかし、正実自身が、「電話は切ってある」といっていた。——それとも、また通じるようにしたのだろうか？　そんなことが十一歳のこどもにできるだろうか？

電話は鳴りつづけている。もし、あれが罠でなかったら？　もし彼からの電話だったら……。

いけない！　だまされてはだめ！　正実はきっと電話のそばで待ち構えている。包丁を握りしめて。

電話は鳴りやんだ。——紀子はホッとした。いっそ鳴ってくれていないほうが、よほど気が楽だ。

だが、少し間を置いて、また電話は鳴り出した。

ほとんど衝動的に、紀子は動いた。台所を飛び出し、居間へと走った。廊下は全くの闇だが、部屋のドアを全部開け放してあるので、いくらか光が見える。

居間へ駆け込んで、包丁を構え、中を見回す。月明かりがまともにさして、思いがけないほど明るい。一瞥《いちべつ》しただけでは、正実の姿は見えなかった。

電話は本当に鳴っていた。

むろん、正実がどこかに隠れていないとはいえない。油断なく部屋の中を見回しながら、紀子は電話へ近寄って行った。

受話器を上げる。

「はい」

と押し殺した声を出すと、

「ああ、松井さんかい？」

と聞いたこともない男の声が飛び出して来た。――一瞬、紀子は言葉が出なかった。

「おれだよ。もしもし？」

酔っているらしい。紀子は必死で感情を殺して、いった。

「おかけ違いです」

「ええ？　本当かい？　冗談いってんじゃないの？　あんた奥さんだろ？」

「番号違いで――」

「わかったぞ。亭主とお楽しみのところを邪魔されて怒ってんだろう」

紀子は叩きつけるように受話器を置いた。急に涙がこみ上げて、こらえ切れなくなった。傍のソファーにすわり込んで、すすり泣いた。

これほど寂しいと感じたことはなかった。いっそ正実が襲いかかって来てくれたら、どんなにか気が楽だろう。こうして、ただじっと待っているよりは……。

ハッとして、紀子は顔を上げた。——いまは電話が通じるのだ！　彼にかけるのだ！

急いで受話器を取り上げた。発信音が聞こえる。紀子は東京のマンションの番号を回した。九つの数字が、ひどく長いように感じられる。回し終わって、息を殺して待つうちに、呼出し音がルル……と耳にはいって来た。

「早く出て！……早く！」

思わず祈るように呟く。時間が時間だ。疲れて休んでいるのだろうし、すぐに出るはずもないが。——三度、四度、五度。

「出て、お願い！」

呼出し音が途切れた。

「もしもし！——もしもし！」

叫ぶような呼びかけに、返事はなかった。

「あなた！——もしもし！」

不意に気づいた。呼出し音が切れたのは、相手が出たからではないのだ。正実が、今度こそ本当に電話線を切ってしまったのだ。

やがて四時になろうとしている。

紀子は居間にすわったまま、じっと身動きひとつしなかった。

いまとなっては、もう逃げる気も、隠れる気もなかった。襲って来るのなら、いつでも来ればいい。こちらにだって包丁はあるのだ。

互いに傷つけば、もう争う気力もなくなるだろう。そこまで紀子は考えを決めていたのだ。

もう少しすれば、外が明るくなって来る。そうなれば、この恐怖感も消えるだろう。暗がりでは恐ろしいものでも、太陽の光の下ならなんということはないにちがいない。

夜が明ければ、正実のほうも、殺意が失せて包丁を捨てるかもしれない。

ふと、紀子は眉を寄せた。

なんだろう？　何か、匂いがする。こげくさいような匂いが。――開いたドアの向こうに、何か白いものがモヤモヤと漂って来た。

煙《けむり》だ！――紀子は立ち上がった。火事！　正実が火をつけたのだ！

紀子は我を忘れて居間から飛び出した。廊下にも白い煙が充満《じゅうまん》していた。台所のほうがいちばんひどいようだ。

「正実君！　どこなの！」

と紀子は叫んだ。火をつけて外へ逃げたのだろうか？　それとも家もろとも、彼女もろとも、一緒に死ぬ気かもしれない。

紀子は煙のひどいほうへと小走りに進んで行った。煙が目にしみ、咳込《せきこ》んだ。台所はもう何も見えなかった。裏口のドアが開いている。あそこから逃げたのにちがいない。

紀子は煙を突っ切って、裏口から外へ出た。ゴホン、ゴホンと激しく咳をして、目をこすった。周囲を見回したが、正実の姿は見えない。どこに隠れているのだろう？

刺し殺そうと思えば、いくらでも機会はあったのに、なぜやらないのだろう？　猫がネズミをいたぶるように、弄《もてあそ》んでいるつもりなのだろうか？

火事のほうをどうしようか。紀子は庭へと流れ出して来る煙から逃げて、ジリジリとあとずさりした。

そのとき、

「キャーッ！」

という悲鳴が頭上で起こった。ハッと見上げると、正実の部屋のバルコニーで、何かが燃え上がっている。

紀子は息を呑んだ。――正実だ！　正実が火だるまになって立っている。凍りついたように立ちすくむ紀子の目の前で、燃え上がる人間がバルコニーの手すりを越えて地面へ落ちて来た。

「正実君！」

赤々と燃え上がって、あたりを照らし出した。とても近づけない。紀子は台所の煙の中へと取って返すと、窓のカーテンを引きちぎった。それを持って駆けもどると、火の上へ覆《おお》いかぶさるようにして布を叩きつけた。火が手をこがし、髪を焼いたが、構わずに、必死で火を消そうとした。そして――突然、気づいた。

燃えているのは、人形だった。

台所の煙は、もう薄らいでいた。ブリキの缶を置いて中に木片や紙やプラスチックをつめて、燃やしていたのだ。

四時半。――少し空が白みかけて来ていた。

紀子は火傷《やけど》でひりひりする手を、水道の水に浸して、痛みをこらえて目を閉じた。涙が頬を伝った。煙がしみたせいばかりではなかった。

不意に、明かりがついた。もう明るくなって来るころだというのに。

「ご苦労様」

インターホンから正実の声がした。

「やけどしたかい？」

「ええ、少しね」

「きれいな顔は大丈夫だった？」

紀子は、不思議に怒りを感じなかった。

「あなたは頭がいいわ」

「ありがとう」

「まだ私を殺さないの？」

「急ぐことないさ」

「そうね……」

紀子は微笑んだ。

「その気になれば、いつだってできる、でしょ？」

「まあね」

「あなたって」

「気が狂っているというんだろ」

「それはわからないわ。まあ、あまり普通のこどもじゃないわね」

「そうさ」

いまごろわかったのか、といいたげな口調だった。

「でも可哀そうだと思うわ」

「どうして？」

「わからない。でも気の毒だと思うのよ。本当に」

「殺したって牢屋《ろうや》へはいるようなドジはしないよ」

「そんな言葉、テレビで覚えたの？」

「まあね」

「そうね。……あなたなら、私を殺して、なんとかうまくいい逃れもできるかもしれないわ」

「そうだとも」

「でも、やっぱり気の毒だわ」

「どうして？」

「私を殺したって、また別の女の人が現れるわ。あなたのパパはとてもハンサムで、すてきな人だもの。——その人も殺すの？　ふたりでも、三人でも？」

「さあね」

「きりがないわよ。そしてそのうちに、パパだって、あなたのしていることに気づくでしょう」

「パパはぼくを信じてるよ」

「そうかしら？」

「決まってるじゃないか！」

と腹立たしげにいった。

「パパはいつもあなたのことを、むずかしい子だっていってるわ。あなたが普通でないのを、少しは気づいているのよ」

「嘘だ！」

「嘘じゃないわ。私が刺し殺されたと知ったら、きっとあなたの話を疑ってかかるでしょうね」

「そんなこと、あるもんか！」

「まあいいわ。そのときになればわかるわよ」

正実は沈黙した。

「――さて、次はどんな手で私をいじめるの？」

「教えちゃつまらないさ」

といって、正実は低い声で笑った。


五時になって、外はすっかり明るくなっていた。

紀子は玄関のドアを開けて、ポーチへ出た。少し湿った朝の大気が、重かった頭をすっきりさせてくれるようだった。

朝になってしまうと、何もかもが悪夢だったかのようで、本当に起こったことだとは信じられなかった。しかし、額の傷、手の火傷、それは消しようもない現実だ。

紀子は、このまま私道を出て、林の中を歩き、国道まで出ることもできた。そこで車を止め、警察まで行ってもらう。それとも、あのボックスから電話をすることもできる。

しかし、なぜか、紀子はここから出て行く気にはなれなかった。――まだ危険は去ったわけではない。正実自身が、そういっているのだから。

それでも、紀子の気持ちは平静であった。

一度は怒り狂い、恐れおののき、相手を殺しても生きのびようと思ったのに……。いまは、平和だった。なぜだろう。自分でも、その理由はわからないままだ。

しかし、ともかく、こうして平然とポーチに立っていられるのは現実だ。ドアのほうに背を向けて。――いまにも正実が包丁を手に、背後に迫《せま》っているかもしれない。だが、紀子は気にならなかった。

「正実君」

紀子は独り言をいった。

「私をもうこわがらせることはできないわよ。殺すことはできてもね」

「何をしてるんだ?」

玄関の内側のインターホンから正実の声がした。

「朝になったから、空気を吸いに出たのよ」

紀子ははいってドアを閉めた。

「逃げ出そうと思ってたんじゃないのかい？」

「いいえ」

「どうして？」

「こわくないもの」

「フン、どうせぼくをこどもだと思ってるな。朝になりゃ大丈夫だって」

「そうじゃないわ。本当よ。あなたの気は変わらないんでしょう」

「あたりまえだよ」

「そう。でも、もう怖くないわ。死ぬことが怖くなくなったのよ」

「どうして？」

「自分でもわからないの」

「いまに青くなって腰を抜かすさ」

「どうかしらね。——コーヒーをどう？　私がいれるわ。睡眠薬抜きでね」

「いらないよ」

「そう？　よかったらご指定の場所へお運びしますよ」

と紀子はちょっとおどけていった。

「——じゃ、もらうよ」

「そう！　うんとおいしくいれるわ」

台所へ行くと、紀子は湯を沸かし、ブルーマウンテンの豆を挽《ひ》いて、ドリップでコーヒーをいれた。

「どちらへお持ちしますか、お坊っちゃま？」

「階段の下に置いといて」

用心深そうな声が答えた。

「かしこまりました」

盆にカップをのせ、熱いコーヒーを注いだ。ミルクと角砂糖を添え、階段の下へ運んで行き、そのまま置いて台所へもどった。

自分のコーヒーをゆっくりとすすった。

「我ながらいい味だわ」

と呟いてから、

「いかがですか、お味は？」

とインターホンのほうへ呼びかけた。ややあって、

「なかなかうまいよ」

と返事が返って来た。

「そう？　うれしいわ」

「コーヒーは……」

といいかけて、正実はためらったようだった。

「どうしたの?」

「いや……コーヒーのいれ方だけは、ママよりうまいや」

と正実はいった。——紀子はふっと胸が熱くなるのを覚えた。

「正実君」

紀子はいった。

「私たち……やり直してみない?」

インターホンは沈黙していた。

「何もなかったことにして……。できないかしら?——べつに命が惜しくていうんじゃないのよ。あなたまで、一生を台なしにしてしまうのが残念なのよ。そうじゃない? あなたにはまだ、五十年も六十年も人生が残ってるのに、私みたいな女を殺して、それを捨ててしまうつもり?」

沈黙。

「どう? 考えてみない?」

紀子の言葉に、インターホンは、相変らず沈黙したままだった。——無理強いはすまい、と思った。すぐに反発して来ないだけでも、大きな変化だ。

「——飲み終わったら、そのままそこに置いておいてね」

と紀子はいった。

「もうちょっとゆっくり飲ませてね。生涯最後のコーヒーかもしれないんだから……」

紀子はゆっくりとコーヒーを飲みほした。

台所の電話が鳴り出して、紀子はびっくりした。

「電話、直したの？」

「うん」

「器用なのねえ！」

本心からそういって、紀子は受話器を上げた。

「はい」

「やあ、朝っぱらからすまない」

「あなた！――いま、どこ？　ずいぶん声が近いけど」

「国道の角の電話ボックスさ」

「本当？　いったいどうしたの？」

「うん。仕事は昨晩でかたづいてね。早くそっちへ行きたいと思いはじめるとじっとしていられなくなったんだ」

「そうなの……」

思わず声がつまった。

「どうした？　何かあったのかい？」

「い、いいえ……。そうじゃないの」

「ずいぶん早起きじゃないか」

「そうなの。あなたが電話してくるような予感がしたのよ」

「ハハ……。調子がいいね」

「早くもどって来て」

「うん、そう十五分もすれば着く」

「待って。——お腹すいてる？」

「そうだな。いわれてみればすいてるはずだなあ」

「他人事《ひとごと》みたいなことといって」

「きみの顔を見たらきっとすくよ」

「どういうこと？」

紀子は笑っていった。

「じゃ、何か簡単に用意しておくわ」

「頼む。それじゃ、あとで」

「ええ」

紀子は受話器を置こうとして、プツンと音がするのを耳にとめた。インターホンのほう

へもどって、

「聞いてたの？」

「ああ」

「私、何もいわなかったわよ」

「どうしてさ？」

「いいたくなかったの。それだけよ」

「――手の傷や人形をどうするのさ？」

「なんとでもいえるわよ。料理をしてて火傷したっていえばいいわ。私、もともとおっちょこちょいだもの」

「人形は？」

「燃えて灰になってるでしょう。あとで踏みつけておけばわからないわよ」

正実は黙ったままだった。

「あと十五分しかないのよ」

「わかってる！」

「私を殺すか、どうするか。――あなたに任せるわ」

「……わかったよ」

「私、おとうさんに食べるものを作るわね」

「うん」

紀子は、ハムエッグを作り、それからコーヒーをいれた。

正実はやって来なかった。——紀子は、爽《さわ》やかな気持ちだった。自分が勝ったのだ。

いや、勝敗の問題ではないが、ともかく、一夜の戦いを生き抜いたのだと思うと、スポーツで全力を尽くしたあとのような快い疲れを感じた。

からだはだるかったし、手の火傷も痛んだが、気分のいいことはこの上もなかった。

「正実君」

ともう一度呼びかける。

「あなたも何か食べる?」

少しして、

「そうだね……」

とためらいがちの答え。

「じゃ目玉焼き」

「片目? 両目?」

「両目」

「本当の両目でね」

「ああ」

紀子は卵を出して、フライパンへ落とした。——ちょうどいいくらいに固まったときだった。

「パパの車だよ！　車が見える！」

とインターホンから正実の声がした。紀子はガスの火を消した。——玄関のほうに、車の止まる音がして、続いて車のドアが開き、閉まる音。そして玄関のチャイムが鳴った。

「はーい！」

大声で返事をして、紀子は玄関へ向かって走り出した。彼が帰って来た！　飛び立つような足取りだった。

「お帰りなさい！」

といいながら玄関のドアを開けて——紀子の笑顔が凍りついた。

正実が立っていた。足元に、テープレコーダーが回っている。正実の手は大きな包丁をしっかりと握りしめていた。

玄関のわきのインターホンで声をかけておいてから、表へ出て、テープに入れてあった車の音を聞かせ、チャイムを押したのだ。

紀子は息を吐いた。

「あなたの勝ちだわ」

といって、正実を見た。

正実はこどもっぽく見えた。一夜のうちに、正実のことを、もっと恐ろしい形相の殺人鬼だと思い込むようになっていたのだ。

だが、目の前に立っているのは、十一歳の少年そのものだった。

「早く刺したら?――本当にパパが来るわよ」

と紀子はいった。

「どうして逃げないのさ!」

と正実が叫ぶようにいった。

「どうして怖がらないんだ! どうして包丁を取り上げないんだよ!」

「約束したもの。――私を殺すかどうか、あなたに任せる、って」

正実が両手で包丁を握りしめた。――そして、思いがけず、正実は泣き出した。

包丁が手から落ちて、ポーチの床に突き立った。

正実は両手で顔を覆って泣きつづけた。紀子はそっと少年の肩に手をのばした。指先が触れたとき、正実はビクッとからだを動かしたが、そのまま紀子へ抱きついて来た。

紀子は力いっぱい、少年を、我が子を、抱きしめた。

そのとき、クラクションの音がして、涙にうるんだ紀子の目に、緑のＢＭＷが私道を走って来るのが映った。

少女

1

「私を買っていただけませんか？」

初め、彼は自分が話しかけられたのだとは思わず、そのまま足を進めた。しのつく雨、底冷えのする三月の夕方で、つい足を早めがちになるところだ。

「あの……」

その少女が、追いすがるように一緒に歩いて来たので、彼は初めて足を止めた。

「何だい？　何か用？」

少女は傘を持っていなかった。バーや一杯飲み屋の立ち並ぶこの小路の軒下《のきした》で、身をすくめるように雨を逃れていたのだ。髪に雨滴が光り、セーラー服にはおった灰色のハーフコートは、かなり雨を吸って黒ずんでいる。

「あの……買っていただけたら……と思って……」

おずおずと、囁《ささや》くような声になっている。

「何を買えって？」

と彼はぶっきら棒に訊いた。花束か何かを売りつけられるのかと思って、不愉快になったのだ。それにしては何も手にしていないが。

「私を……」

低いが、はっきりした声で少女が言った。彼は急に見知らぬ場所で目をさましたような気分で、改めて少女を見つめた。――十六歳か、そんなところだろう。体ばかりがいやに成熟した娘たちが多い中で、その少女はいかにも少女っぽい、未成熟な印象を与えた。恐る恐る見上げる目も、大人の世界への入口に立って、ためらいがちに中を覗き込んでいるといった趣がある。

彼は一瞬の当惑からさめると、慌てて手にした傘を少女の上へさしかけた。

「大分濡れてるね。――寒いだろう」

「いいえ」

「しかし……立ち話もできない。おいで」

彼は手近な喫茶店へ少女を連れて行った。

「――さて、と」

彼はコーヒーのカップを置いて、ひと息つくと、

「君は、自分のしようとしていることが分ってるんだろうね？」

「ええ」

少女は固い表情で答えた。ココアを一心にすすっていたのは、かなり長い間、軒下に立っていて、身体が冷え切っていたのだろう。

「よく、こんなことをするの？」

「いいえ。……初めてです」

「一体どうして――」

「お金がいるんです。すぐに！」

せっぱつまった口調でそう言うと、じっと彼の目を見つめた。

「――買ってもらえますか？」

彼はしばらくコーヒーカップを弄《もてあそ》びながら考え込んでいたが、やがて肯《うなず》いた。

「よし。買おう」

彼の名は笠原忠男《かさはらただお》。小さな広告代理店に勤めるコピーライターである。すでに今の職場に十年余り、三十五歳になっていたが、自分ではもう四十代、いや五十歳にもなったような気分だった。仕事に情熱もなく、ただ単調な毎日を、欠伸《あくび》をかみ殺しながら過ごしていた。楽しみといえば、会社の帰りにバーへ立ち寄って、なじみのホステスと冗談を言い合

うくらい。

家には、何の楽しみも安らぎもなかった。二十七歳の時結婚したのは、別に相手を愛していたからではない。ほんの遊びのつもりが、妊娠させてしまって、どうにも逃げられなくなってしまったのだ。妻の澄江《すみえ》は彼より三歳も年上で、底意地の悪い性格だった。子供が無事に生まれていれば、それでも少しは違っていたかもしれない、と笠原は時折思うことがある。澄江は流産し、しかも子供のできない体になった。それが彼女のひねくれた性格を一層助長したようだった。

「いくらほしいの?」

笠原は少女に訊いた。少女は少しためらってから、

「二万円あれば……」

と言った。彼は肯いて見せると、少女はほっとしたようだった。運がいいぞ、君は。笠原は内心苦笑した。いつもなら、五千円の金もやっとなのに、今日はたまたま同僚に貸してあった三万円が戻って来てまだ懐《ふところ》にある。

「場所は?」

彼の問いに、少女は戸惑ったように彼を見上げた。

「場所だよ。どこか友達のアパートか何かを使うの?」

少女は首を振った。

「場所は……考えていません」

「そうか。それじゃ、その辺の旅館にしよう。構わないね」

「ええ。……あの、その料金は二万円から引いていただいても……」

「いいさ。どうせ大した金額じゃない」

と笑う。どうやら、本当にこの娘、初めてのようだ。

「さて、じゃ行こうか」

彼は伝票を手に立ち上った。


どこにでもある、古びた木造の二階屋だった。ごく当り前の家に、「旅館――荘《そう》」という、かすれて文字の消えかかった看板が出ている。玄関を入ると、笠原は中を見回した。

物音もせず、人の住んでいる気配もない。一瞬、空屋にでも入って来たのかと思った。

急に廊下《ろうか》の角を曲って、老婆が現れた。

「休憩したいんだがね」

老婆は、彼を見ようともしなかった。

「先払いで頼みますよ」

意外にしっかりした声で言った。

「一人ですか」

「一人だよ」

笠原はそう言って玄関の外に立っていた少女を手招きした。少女は、薄い氷を踏むような足取りで、中へ入って来ると、不安げに周囲を見回す。笠原は、

「二人だよ」

とくり返すと、休憩の料金の倍の金を老婆の骨ばった手に握らせた。老婆は黙って廊下の奥のほうへ二人の先に立って歩いて行った。

空気の淀んだ、じめじめした六畳間だった。老婆が床を敷く間、二人は座る所もなく、立って待っていなくてはならなかった。

「ごゆっくり」

少女が細かく震えているのに気付いて、笠原は肩に腕を回してやろうとしたが、思い止まった。却《かえ》って少女を怯《おび》えさせるだろう、と思ったのだ。

思いがけない愛想を言うと、老婆は出て行った。

「座らないか」

「ええ……」

二人はわずかな畳の上に腰を降した。笠原はタバコに火を点《つ》けると、じっと顔を伏せたまま身動きもしない少女を見た。

「どうして金がいるんだい？」

少女は答えなかった。

「その……子供を堕《おろ》そうとか、そういったこと？」

「そんなんじゃありません！」

叩き返すような激しさに、彼は面食らった。

「いや……ごめんよ。つい、その……」

彼は慌てて言い訳を捜した。

「いやだね、中年男ってのは。そんなことばっかりしか考えないんだから……」

と、取ってつけたように笑ったが、少女のほうはまるで聞いていないようだった。笠原は咳払《せきばら》いして、タバコをふかした。

彼は生れつき、争いを嫌う性格である。人と喧嘩《けんか》するよりは、自分が我慢してしまうほうなのだ。妻との間に、冷え切ったよそよそしさしかなくなっても、離婚など考えもしなかったのは、やはりその性格によるものだろう。別れられたら、どんなにいいだろうと思いつつ、澄江のほうで全くその気がないのを知っていたので、裁判や、そこに行くまでの数限りない争いを考えると、まだ今の状態を忍んでいるほうが良かったのだ。

「――ごめんなさい」

少女が囁《ささや》くような声で、

「ついカッとしてしまって」

「いや、いいんだよ」

「私、学校のクラス委員なんです」

少女は少し平静な口調になって、

「今度、担任の先生が結婚することになって、クラスでお祝いを買うお金を集めたら、二万円とちょっとになりました。で、私がクラスの代表で、今日お祝いの品を買って、明日先生に渡すことになっているんです」

「ところがその金を失くしたんだね」

「いいえ。――盗《と》られたんです」

「誰に？」

「上級生の番長グループなんです。とても怖くて、みんな手も足も出ませんし、先生たちも見て見ぬふりなんです」

「ひどいね」

「私がクラスのお金を持ってることをちゃんと聞き込んでたらしいんです。校門を出た所で四、五人に囲まれて、近くのお寺の境内《けいだい》へ連れて行かれ……。素直に渡さなかったら何をされるか分らなかったんです」

「それじゃ仕方ないじゃないか。君の責任じゃないよ。警察へ届けるか、先生の所へ――」

「だめです！　とんでもない！」

　少女は激しく首を振った。

「それこそ、後で何をされるか分りませんもの。そんなこと、とってもできません」

「ふん……」

　笠原は煙《けむり》をはき出しながら、

「じゃご両親に事情を説明して、そのお金を借りたらどう？」

「父も母も、私がお金を脅《おど》し取られたなんて耳にしたら、一も二もなく警察へ訴えて出るに決っています」

「それで、どうしようもなくなって……というわけか」

「ええ」

　笠原は、また黙り込んでしまった少女をしばらく眺めていた。それから並べて敷かれた二組の布団《ふとん》へちらっと視線を走らせる。

「君は、どれくらいあそこに立ってたの？」

「——さっきの軒下に、ですか？」

「うん」

「一時間ぐらいだと思います」

「他の男にも声をかけたのかい？」

「いいえ」

「どうして？」

「なかなか……言葉が出て来なくて……」

「なぜ僕を選んだの？」

少女はしばらく答えなかった。

両手が白いハンカチを引き裂かんばかりに握りしめている。

「たぶん……何となく、安心できそうな人だと感じたからだと思います」

少女は一息ついてから、

「初めてだから、せめて優しそうな人、と思って……」

笠原はため息をついた。そうなのか。初めてなのか。

「なるほどね」

彼は財布から二万円抜いて少女へ渡した。

「すみません」

少女はちょっと頭を下げて、「終わった後でもらうのかと思ってました」

「帰りなさい」

「え？」

「行っていいよ」

「でも――」

「初めての体験をさせるなんて、僕には荷が重すぎるよ。その金を持って行きなさい」

「でも、お返しできるかどうか分りません」

「貸すんじゃない。あげるんだ」

当惑《とうわく》顔の少女を、笠原は楽しい気持ちで眺《なが》めた。――正直な所、目の前にいる少女に欲望を感じないわけではない。だが、相手がすれっからしの不良ならまだしも、男を知らない処女と知っては、やや気がとがめるのだ。

「そんなわけにはいきません」

少女は真剣な表情で言った。

「どうして?」

「だって、あなたは二万円で私を買ったんですもの。私も承知の上でこのお金をいただいたんです。何もしないで……」

「いいじゃないか」

笠原は微笑《ほほえ》んで、

「買った物を使うかどうかは買った人間の自由さ」

「――すみません」

少女は目に涙を浮かべていた。

「その代り、どうだい、まだ時間があったら、一つ頼みがあるんだけどね」

「何でしょう？」

「宣伝文句を考えてくれないか。三日も頭をひねってるんだが、いいのを思いつかないんだ」

「それがお仕事なんですか」

「そう」

「何の宣伝文句を考えるんですか？」

「貸しオムツなんだがね」

一瞬、呆気《あっけ》に取られてから、少女は吹き出した。

雨も上って、夜空には所々星もみえていた。もう九時に近い。笠原はいつになく上機嫌で、家路を辿《たど》る足取りも軽かった。

ほんのひとときであったが、彼はあのセーラー服の少女と語り合っている間、青春を取り戻したのだ。自分の冗談に少女が心から愉快そうに笑うのを見て、彼は不思議な喜びを感じた。妻の澄江は、彼が何か冗談を言っても、笑ったこともなかったから……。

いいことをしたな、という満足が彼の心を充たしていた。その満足は、あの肉体をわがものにすることでは、決して得られないものであったろう。——二万円の価値は充分にあったと彼は信じていた。いや、金に換算できない、何か貴重なものを手に入れたのだ……。

笠原の住いは都営アパートの三階である。いつもなら重い足取りで、いつまでも家に着かなければいいのに、と思いつつ上る階段も、今日は弾むような勢いで上ってしまった。澄江の顔を見ればまた気が滅入るのは分っていたが、それもさして苦にならないほど、彼はいい気分であった。

「ただいま」

玄関のドアを開ける。返事はなかった。いつものことだ。玄関を上れば、すぐダイニングキッチンである。笠原は、おや、と思った。食事の仕度も、片付けた跡もない。どうなってるんだ？

「おい、澄江――」

襖《ふすま》をガラリと開けて、六畳間へ入った笠原は、その場に立ちすくんだ。

一組だけ敷いた布団の上で、澄江が死んでいた。全裸で、上半身は朱《しゅ》にそまっている。たるんだ乳房の間に、グロテスクな傷が口を開けていた。

膝が震えて、立っていられなかった。その場に座り込んでしまう。そして凄惨《せいさん》な光景から思わず目をそらした時、すぐそばに鋭《するど》いナイフが落ちているのに気付いた。見たこともない、細身のナイフだ。刃にも、プラスチックの柄にも血がこびりついている。――突然のショックで、頭が働かなかったのだろう、彼は無意識の内に、そのナイフを手に取って眺めていた。

「ごめん下さい」

玄関から声がして、彼は飛び上らんばかりに驚いた。振り向くと、隣家の主婦が何やら皿を手に入って来るところだった。

「今晩は。あの――」

主婦の手から皿が落ちると、次いで悲鳴がほとばしる。大きく見開かれた目が恐怖を湛《たた》えて自分のほうに向けられているのを見た時、初めて笠原は自分の立場を悟った。

「違う……。違うんだ……」

呟くような言葉は、けたたましい悲鳴にかき消された。

2

校門から次々にセーラー服の群が吐き出されて来る。活発な足取りで左右へ別れて行く流れの中に、一つの顔を捜すのは大変な難事だった。

笠原は、公衆電話のボックスの中で、格好だけ受話器を耳に当てながら、目は忙しく一つ一つの顔を追っていた。しばらく見ている内に、目が刺すように痛んだ。昨夜は一睡もしていない。公園のベンチで夜を明かしたのだが、寒さと、いつ警官が現れるかという恐怖で、眠るどころではなかった。

逃げたのはまずかっただろうか。確かに、自分から犯行を認めたようなものだ。しかし、あの状況でおとなしく警官の来るのを待っていたら、どうなっただろう。隣の主婦は、彼が凶器を手にしているのを見たのだ。

「そりゃあ、恐ろしい形相でしたわ」

とでも話していることだろう。それに、二人の仲が巧く行っていなかったのは、あのアパートの住人ならみんな知っている。刑事が聞き込みをするまでもなく、すすんで大喜びでしゃべるに違いない。

いずれにしろ彼はまず第一の容疑者というわけだ。第一、というのは他に第二の容疑者がいればの話だが……。

しかし、一体ここで俺は何をしているんだろうか？　笠原は自問した。あの少女を見つけてどうしようというのか。

たまたま知人の娘と同じ制服だったので、あの少女がこの高校の生徒と知ったのだが、むろん少女からは学校の名はおろか、彼女の名さえ聞いていない。彼もまた、聞こうとも思わなかった。それなのに、今、こうして彼女の顔を捜しているのは、なぜなのか。——

笠原自身にも、はっきりとは答えられなかった。

いつ果てるとも知れなかった生徒たちの流れが、やがて次第にまばらになって来る。少女はまだ現れない。見落としてしまったのだろうか。それとも今日は休んでいるのか。それとも……。

朗《ほが》らかな笑い声を響かせて、四人の女学生が校門を出て来た。その中に、少女がいた。ほっとすると同時に、笠原は戸惑った。どうすればいいのだろう？　まさか近寄って行って声をかけるわけにもいかない。

その時、まるで呼ばれる声でも聞いたかのように、少女が彼に気付いた。はっと目を見張ると、素早く学友たちのほうを見る。迷っているのだろう。無視して行ってしまおうか、どうしようか、とためらっているのだ。二、三歩他の女生徒と歩いて、足を止めると、何やら言い訳めいたことを言っているらしく見えたが、やがて手を振って、一人くるっと向きを変えて歩き出した。笠原は安堵《あんど》の息をつく。

少女は彼のいる電話ボックスの前を、彼のほうにちらりとも目をやらずに、通り過ぎて行った。受話器をかけると、少し間を置いてボックスを出る。

「——新聞、見ました」

少女は言った。

「そう」

笠原はポツリと言った。

神社の境内には、他に人影もない。

「奥さん……お気の毒でしたわ」

　彼は苦笑して、

「僕たちの間はもう冷え切ってたんだ。新聞にもそう書いてなかったかい？」

「ええ。でも……」

「そりゃね、何年も一緒に暮らして来たから、一種の感慨みたいなものはあるさ。しかし、嘆き悲しむってわけにはいかないよ。特に、自分が殺人犯として追われている時にはね」

「犯人とは書いてありませんでしたわ。重要参考人、と……」

「同じことさ」

　笠原は肩をすくめた。

「特に凶器のナイフを持っているところを隣の奥さんに見られてしまって……」

「ショックだったでしょうね」

「まあね。でも、君は――」

「え？」

「君は怖くないの？　僕と二人でいて」

「だって、あなたが殺したんじゃないでしょう」

「僕じゃない。君は信じてくれるのかい？」

「だって、新聞だと、殺されたのは七時前後だとありましたもの。ちょうど私と一緒にいた頃でしょう」

「そう書いてあったのかい？」

笠原は思わず問い直した。顔を見られるのが怖くて、新聞も買っていないのだ。

「ええ。だから……私が警察で話せば、あなたの疑いは晴れるのでしょう」

「いや、それはいけないよ」

少女は面食らった様子で、

「だって――そのために私を待っていたんじゃないんですか？」

「いや、そうじゃない。ただ――疲れちまってね。何だか、もう一度君に会いたくなって、つい……」

少女はじっと彼の顔に見入って、

「ゆうべ、眠ってないんでしょう」

「うん」

「ひげも剃《そ》ってないし」

「そうか」

彼は手で、ざらつく顔を撫《な》でた。

「ひどい様子だろう？」

少女は何か思いついた様子で、きっぱりとした口調になり、

「うちへ来て下さい。少し休まないと」

「君の家へ?」

「父も母も旅行してて、一人なんです。心配ありませんから」

「しかし、君に迷惑がかかるよ」

「大丈夫! さあ、ついて来て」

少女はさっさと歩き出す。笠原は一瞬ためらったが、拒むだけの勇気もなかった。


「死んだようになって眠ってたわ」

彼女が微笑みながら言った。

「今、何時頃だ?」

笠原は目をこすりながら、ベッドに起き上った。

「もうすぐ夜の十時よ。ご飯、今温めるから食べて下さいね」

少女はセーラー服から、TシャツにGパンという服装になって、一層若々しく見えた。

笠原は顔を洗い、カミソリを借りてひげを剃った。——すっかり気分も軽くなる。

「お料理、下手なの」

少女が照れくさそうに、

「がまんして下さいね」

「いや、なかなか旨《うま》いよ」

　彼は言った。

　正直なところ、それほどいい味とも言えなかったが、この安らぎが何よりのごちそうであった。

「どうして、私に警察へ行って話せと言わないの？」

　と少女が訊いた。

「何と言うんだね？　別に前からの知り合いでもない僕らが、どこで何をしてたのか、訊かれたら、返事のしようがないじゃないか」

　少女は黙って目を伏せた。

「僕らが連れ込み宿へ行って、何もしなかったと言ったって誰も信じちゃくれないよ。そうなれば、君だって大変だ。学校にもいられなくなるかもしれない」

「だって……殺人の疑いをかけられてるのに！　そんなこと言ってられないでしょう？」

「心配ないさ。僕は犯人じゃないんだ。ということは他に犯人がいるってことだからね。きっとすぐつかまるよ」

「呆《あき》れた！」

「何が？」

「呑気《のんき》なこと言って！　警察はあなたを捜してるのに、他の犯人なんか調べるはずがないじゃないの」

「うむ……。そうかなあ」

笠原は熱い茶をすすりながら考え込んだ。そう言えば、今の今まで考えてもみなかったが、澄江を殺したのは一体誰なのだろう?

「きっと強盗か何かだと思うがね……」

「でも新聞には、室内が荒された形跡はなかったって」

「そうかい?」

「憶えてないの?」

「そう言われてもね……何しろいきなり女房が裸で死んでるのを見たら――」

そうか。強盗殺人なら、裸で殺されていたのもちょっと妙だ。手足を縛《しば》られていたというわけでもない。刃物で脅されたのだろうか?

「……いや、違うな。強盗じゃない」

「どうして?」

笠原は首を振った。

「今思い出したよ。脱いだ服が枕元にきちんとたたんで置いてあった。あいつはいつもそうなんだ。いや――」

と慌てて、

「風呂へ入る時なんかのことだよ、洗濯カゴへ放り込むにも、ちゃんとたたんで入れるんだ。しかしいくらそれが癖だと言ったって、刃物で脅されて脱いだのなら、まさかいちいちたたんだりする余裕はないだろう」

「というと……どうなるのかしら？」

「つまり……」

笠原はそろそろと湯呑み茶碗を置いた。自分で出した結論に面食らってしまったのだ。

「女房は自分で服を脱いだってことだ。つまり……誰か男がいた……」

「奥さんに恋人が？」

「いたのかな？」

笠原のほうが思わず少女へ訊いた。

「私に分るはずがないでしょう」

「そうだ。そりゃそうだ。……しかし、驚いたな。あいつに男がいたのか！　まるで気付かなかった」

しかし、気付かなかったのも不思議ではない。何しろ、毎日、ろくに口をきくこともなかったのだ。たまに出るのは愚痴と皮肉で、彼のほうはいちいち腹も立てなくなっていた。これでは妻が何人男をつくろうが、分るはずもない。

「そうだったのか……」

笠原はため息をついた。

「その男に殺されたんだな」

「でも、どうして——」

「あいつは執念《しゅうねん》深い女だったからね。男のほうが煩《わずら》わしくなって来たんじゃないかな。しかも女房は冷静に話し合いのできる相手じゃない。別れ話でも持ち出されたら、きっとわめき立てたに違いない」

彼は表情を曇らせて、「可哀そうなことをしたな。僕とうまく行かなかったばっかりに男をつくって、殺されるはめになったとしたら……。僕があいつを殺したようなものかもしれない」

少女はしみじみと彼を見つめた。

「あなたって、本当に人がいいのね。奥さんはあなたを裏切ってたのよ。腹が立たないの?」

「僕だって裏切ろうとしたよ。昨日ね」

少女は顔を赤らめた。

「——で、これからどうするの?」

「さあ……。ともかく、ここにいては君に迷惑がかかるばかりだ。充分食べたし、もう失礼するよ」

「私は構わないのに。明日になると父が戻るけど……」

「そうだろう？　今夜の内に失礼するよ」

「どこか行くあてはあるの？」

「何とかなるさ」

「だめよ。また公園なんかをフラフラしてたら風邪を引くわ。外は雨よ」

「なに、どこか友達の所へ行くよ」

「お友達？」

「これでも友達ぐらいいいるんだからね」

「だって……大丈夫なの？」

「大丈夫、って、何が？」

「もし、警察に知らせて――」

「おい！」

笠原は珍しくいきり立って、

「僕の友人にそんな奴はいないぞ！」

「それならいいけど……」

「ちょっと電話を借りるよ」

「ええ」

笠原は手帳を取り出して、ダイヤルを回した。

「もしもし。——ああ、金子《かねこ》か？　俺だよ。笠原だ。実はな——」

笠原は口を閉じた。切られてしまったのだ。傍で少女が、そらごらんなさい、といった顔をしている。彼は咳払いして、

「今の奴は奥さんの両親と同居しててね、やっぱり気兼ねなんだよ」

気を取り直して、別の番号を回す。

「もしもし。——ああ、八田《はった》か。笠原だよ。——うん、いや、全く困っちまってるんだ。——悪いんだが、今夜一晩泊めてもらえないかな。——え？」

と目を丸くして、

「おい！　まさか本当に俺がやったと思ってるんじゃないだろうな？　一体何十年の付き合いなんだ。俺にそんなことができると——。よし、分った。もう頼まん！」

受話器を叩きつけるように置いて、

「畜生！　もう絶交だ！」

ちらりと少女のほうを向いて、

「こういう時に、本当の友人が分るもんだね」

「ねえ、もうやめておいたら？」

「いや、今度の奴は大丈夫。どんな秘密でも打ち明け合う仲でね。それに独身の一人暮し

なんだ」

　不安げな少女に微笑んで見せると、彼は受話器を取り上げ、ダイヤルを回した。

「もしもし。山藤《やまふじ》か？　俺だよ。――ああ、元気だ。今ちょっと知り合いの所にいる。――え？――そうなんだ。で、よかったら今夜一晩。決して迷惑はかけんよ。――そうか。すまんな。――じゃ今から行く。――そうだな、三十分ぐらいかな。――じゃ、その時」

　ほっとして受話器を置くと、

「やっと引き取り手があったよ」

「何ですって、その人？」

「どうして俺の所にすぐ来なかったんだ、って怒られちまった。いつまでもいればいいと言ってたよ」

「そう、よかったわね」

「君にもすっかり世話になったね」

「何でもないわ。でも……」

「何だい？」

「その人の所へ行くの、明日にしたら？　今からじゃ遅いわ」

「大丈夫。まだ終電には間があるよ」

　彼はコートをはおって、表へ出た。細かい霧雨が降っている。

「それじゃ」

「気をつけてね」

「君にまた会えてよかったよ」

少女は黙っていた。——笠原はコートの襟を立てて、雨の中へ駆け出した。

地下鉄を降り、友人のアパートへと急ぐ。途中、ふと思いついて道を折れた。アパートへ裏から入る狭い階段があったのを思い出したのである。

正面から入って、アパートの他の住人に万一顔を見られたら、友人がまずいことになるかもしれない、と思ったのだ。裏通りを歩いて行くと、アパートの二階の明るい窓が見えて来る。——友達ってのはいいもんだ、思わず笑顔になる。

彼は足を止め、目を見張った。アパートの裏の物陰に、身をひそめるように、一台のパトカーが停っていた。中に制服の警官の姿が見える。

ぼんやりと突っ立っていると、突然、腕をつかまれた。

「何してるの！」

あの少女だった。

「つかまっちゃうじゃないの！　まだ見られてないわ。早く！」

笠原は呆然として、半ば引きずられるように、走り出した。

3

「あなたって馬鹿《ばか》よ！　馬鹿だわ！」

もう何十回も、少女はくり返していた。

「分ってるよ……」

笠原は力なく肯いた。

少女の家へ戻って来た時は、いい加減服も濡れ、体が冷え切っていた。少女の淹《い》れたコーヒーで、やっと体が暖くなる。

「僕が間違ってた。——友達だからって、こんなことまで頼んじゃいけないんだ。彼らには彼らの生活がある。僕をかくまってたことが分ったら、連中は職を失うかもしれない。そんな危険を犯《おか》してくれと頼むなんて、僕がどうかしてたんだ」

「あなたって……」

少女は首を振った。

「腹が立たないの？　どうして怒らないの？　友人に裏切られたのよ！」

「いや、僕が逆の立場だったら、やはり同じようにしたかもしれない。彼を責めるわけにはいかないよ」

急に少女が両手に顔を埋めて、すすり泣きを始めた。——彼はびっくりして、

「どうしたの？　何を泣いているんだい？」

少女は泣き濡れた顔を上げた。

「あなたがあんまり馬鹿なんだもの！　あんまり馬鹿で、お人好しで……可哀そうで……」

「おい、もう泣かないでくれ……頼むよ」

笠原は、すすり泣いている少女の肩を抱いて、じっと考え込んでいたが、やがてゆっくり立ち上った。

「どこに行くの？」

と少女が顔を上げた。

「警察へ行くよ」

「だめよ！」

「なに、別に自首するわけじゃない。出頭ってやつさ。向うで捜してるらしいから、こっちから行ってやる。——大丈夫。何もしてやしないんだから、話せば分ってくれるさ」

「行かないで！」

「心配しなくたっていいよ。君のことは決してしゃべらない。あの時間にはどこかを散歩してたとでも言うさ。誰だって嘘だとは言えやしないだろう」

笠原はコートを手に取った。

「それじゃ行くよ」

「待って。ちょっと……」

「何だい?」

「私の部屋まで来てちょうだい」

「どうして?」

「いいから。あなたにお守りをあげたいの」

「お守り?」

「そうよ」

少女は彼の手を引いて廊下を歩いて行く。

「成田山か何かかい?」

「——入って」

部屋へ入ると、少女はつかつかと部屋の中央へ進んで、くるっと振り向いた。そしてやおら、Tシャツをまくり上げて脱ぎ捨てた。

「君!　何してるんだ!」

呆気に取られている間に、少女は次々に服を脱いで、全裸で彼の前に立った。

「私がお守りになってあげる」

裸の体が彼の腕の中へ飛び込んで来た。久しく抱いたことのない、若々しいしなやかな肉体が彼のためらいがちな手の中で息づいている。少女の唇を吸いながら、彼はまるで青年時代のように自分が燃え立つのを感じた。ためらいを振り捨てて、彼は少女と共に小さなベッドに倒れ込んだ……。


「——もう分ったでしょう?」

「何が?」

「私のこと、そんなに心配しなくたっていいんだってことが」

「どうして?」

少女はベッドに起き上って、

「だって、私が処女じゃなかったのは分ったでしょう?」

「ああ。——一応これでも結婚してたからね」

「私、不良なのよ。何人も男を知ってるわ。だから、あの時だって——あなたをだましたのよ。作り話をして、初めてのふりをして……。何も遠慮することないわ。どうせいつかは退学処分だもの。警察で私のこと言って構わないのよ」

彼は指先でそっと少女の頬を撫でた。

「君はいい人だよ。僕をかくまい、優しくしてくれた。——僕は君を裏切ったりしない」

少女はため息をついた。

「本当にあなたって……」

「今度は何て言うんだ？」

「頑固ね！」

少女が唇を押し当てて来た。彼は少女を抱きしめながら、不思議な気持ちだった。これほどの充足感を味わったことはない。たとえ殺人罪で刑務所へ行っても、この思い出さえあればいい、という気分だ。

少女にそう言おうかと思って、考え直した。また、

「あなたって馬鹿ね！」

と言われそうな気がしたのだ。


「笠原忠男ですが……」

交番の警官はけげんな顔で、

「どなたです？」

「笠原忠男。——ほら、妻の澄江が殺された件で、警察が捜しておられるはずなんですが」

「そうですか？　じゃちょっと署へ問い合せますから」

「はあ」

「そこへ座って、お待ち下さい」

「どうも」

笠原は何だか肩すかしを食ったようで、ちょっとがっかりした。もっと大騒ぎされるかと思ったのに。まさか拳銃を突きつけられると期待していたわけではないにしても……。

「ええと、お名前は何でしたかね？」

警官がダイアルを回してから訊いた。

「――今、パトカーで迎えに来るそうです」

受話器を置くと、警官が言った。

「そうですか」

「お茶でも一杯どうです？」

「どうも……」

笠原はすっかり面食らってしまった。

「――笠原さんですな？」

「そうです」

「奥さんのことはお気の毒でした」

「恐れ入ります」

デスクの向うの男は、テレビで見る刑事とは違って、いやに愛想がよく、まるで銀行の窓口にでもいるような気がした。ただし引出しでなく、預け入れの時だ。

「ずっとお捜ししていたんですよ」

「申し訳ありません」

「いや、ショックだったのは分りますがね。実は容疑者を押えてあるものですから」

笠原は耳を疑った。

「容疑者ですって？」

「ええ」

「僕の他にですか？」

今度は刑事がびっくりして、

「あなたは容疑者なんかじゃありませんよ」

「しかし、新聞では――」

「ああ、あの時点では、まだ容疑者があがっていませんでね。それで、あなたが怪しいような記事になってしまったんです。すみませんでしたな」

「いいえ……。でも、僕は凶器を持っている所を見られたし、てっきり――」

刑事は笑って、

「私どもはミステリーに出て来る警官ほど間抜けではありませんよ。あなたが奥さんを殺してから二時間も凶器を持ってそばに座っているなどとは考えませんよ」

「はあ……」

笠原は夢を見ているようだった。

「それじゃ、容疑者というのは……」

刑事はちょっとためらってから、

「奥さんに愛人がいたのはご存知ですか?」

「いいえ」

「暴走族の若い男でしてね。アパートの近所の方は何度か見かけてよくご存知でしたよ」

「そうですか」

知らぬは亭主ばかり、というやつだ。

「ちょうど奥さんが殺された頃、そいつらしい男が逃げるように出て行くのをアパートの一階の方が見ているんです。むろん奴は否認していますがね。——お会いになりますか」

「はあ」

一体どうなってるんだ? 笠原は何が何だか分らなかった。だが、どうも殺人罪で刑務所入りってことだけはなさそうだ……。

取調室へ入ると、椅子に座っていた皮ジャンパーの若者が彼のほうを見た。初めて見る顔だった。少しも悪びれた様子はない。ふてぶてしい、というのか、自信たっぷりの様子で笠原を見上げる。

「あんた、新しいデカさんかい？」

「いや……。僕は笠原だ」

「へえ！　じゃ、あんたがご亭主か。こいつはどうも」

「澄江とは、いつ頃から……」

「そうさな、一年ぐらいかな」

若者は平然として答えた。

「なかなかいい女だったぜ」

傍の刑事が、

「それならなぜ殺した！」

「しつこいね、だんなも」

若者は両手を大きく広げて、

「俺はやっちゃいねえよ。何度言えば分るんだい」

「お前を見た人間がいるんだぞ」

「人違いさ。あのアパート、夜は暗いぜ。はっきり見えるはずがねえよ」

「なら、あの時間、どこにいた」

「言ったろう。ガールフレンドと一緒だったって」

「いい加減なことを言うな！」

「本当だよ。彼女を連れて来てくれりゃ、すぐに分ること《こ》った」

そこへドアが開いた。

「主任。例の娘が来ています」

「よし、入れろ」

刑事が肯くと、少しして、ドアから――あの少女が入って来た。

笠原は呆然として少女を眺めた。皮ジャンパーの若者のほうは満面に笑みを浮かべて、

「やっと来てくれたな！　待ってたんだぜ！」

少女は、笠原のほうにはチラリとも目を向けず、無表情に突っ立っている。若者は得意げに、

「さあ、この分らず屋のデカさんたちに教えてやってくれよ！　一昨日《おととい》の夜、俺とお前がずっと一緒だったってな」

刑事が少女に向かって、

「お嬢さん、一昨日の晩、五時頃から九時頃まで、この男と一緒でしたか？」

少女はちょっと眉を上げた。

「一昨日？」

オウム返しに言って、若者を見る。そして少し考えるように間を置くと、言った。

「いいえ。一昨日は会っていません」

若者がそろそろと少女のほうへ顔を向ける。驚きのあまり、声も出ない様子だ。

「確かですか?」

刑事が念を押す。

「ええ。会っていません」

「この野郎!」

飛びかかろうとする若者を、周囲の刑事たちが、がっちりと押えつける。

「帰っていいでしょうか?」

少女が訊いた。刑事が肯く。少女が出て行くと、刑事はニヤリとして、

「おい、お前のアリバイってのはこれなのか?」

「あの女!　畜生《ちくしょう》!」

さっきの元気はみじんもない。真っ青になって、怒りに身を震わせている。やっと我に返った笠原は、急いで取調室を出た。出口近くで、やっと少女に追い付く。

「待ってくれ!――ねえ、君は――」

「もう分ったでしょう?」

少女は立ち止ると、目を伏せたまま、言った。

「私、あいつの女だったのよ。あいつはあなたの奥さんと切れなくて、困ってたの。奥さんに、別れる気なら麻薬《ヤク》をやってるのを警察へ知らせるって脅されて、奥さんを殺す決心をしたのよ。そして私に、あなたを誘って引き止めておくように言ったの。それからもし万一、つかまった時はアリバイを証言するようにって」

「でも、証言しなかった。——なぜだい？」

少女は肩をすくめた。

「なぜかしらね……。もう、あいつがいやになったのかしら、きっと」

「君の身が……危くなるんじゃないかい？」

「心配性ねえ、あなたって！」

少女は笑って、

「他人のことばっかり心配してないで、少し自分のことを心配しなさいよ」

「僕でできることがあったら——力になるよ」

少女は懐かしげな眼差しで彼を見た。

「ありがとう。——その時はお願いするわ」

「いつでもいいからね」

「じゃ、さよなら」

少女は足早に警察署を出て、通りの人混みへと消えて行った。笠原はひどく胸が痛むのを覚えながら、じっと少女のセーラー服が見えなくなったほうを見ていた。——その痛みは彼にずっと昔の少年時代を思い起こさせた。

表は、昨夜と打って変って、すばらしく晴れ上っている。

尾行ゲーム

1

彼女は不釣合に大きなショルダーバッグを肩から下げていた。

それがまず、彼の目をひいたのである。

実際、それは彼女の、ちょっとしたデイトといった服装にそぐわない、小旅行にも使えるようなバッグで、スエードのように見えた。中には割合重い物が入っていると見えて、彼女は無意識に、何度も肩にかけ直している。

――二十二か三、といったところだろう。学生かOLか、それとも「家事見習い」の口だろうか、そのどれでもおかしくない印象であった。

派手な縞柄《しまがら》のハーフコート、紺のスラックスに黒皮のブーツという服装は学生のようだが、こんな時間――朝八時三十分――に通勤電車に乗っているところを見るとOLのようでもある。最近の若い女性は、服装からでは判断がつかないのだ。が……。

「何だ」

彼女が手にした切符を眺めているのを見て、彼は肯《うなず》いた。学生かＯＬなら定期券があるはずだ。たまたま定期の期限が切れていた、というのなら別だが、その可能性を残した上で、やはり「家事見習い」の「自宅待機組」の一人という可能性が最も強い。しかし、普通その手の女性は余り早起きしないのが通例である。誰だって、必要がなければ早起きはしたくないものだ。すると、そういった朝寝の癖のついている女性がこうしてわざわざ早起きするからには、よほどの理由がなくてはならない。その理由は、あの重そうなバッグに関係あるのだろうか？

扉の傍に身を縮めて、流れ去る沿線の家々へ漫然《まんぜん》と目を向けている彼女を、彼は吊り皮につかまって、少し体を泳がせるようにしながら眺めていた。そうしないと、他の乗客の陰になって、彼女が見えないのだ。美人といっていい顔立ちである。しかし、みごとなポーカーフェイスで、窓の外を見ている。何を考えているのか、それとも何も考えていないのか……。

彼はそっと呟《つぶや》いた。

「よし。……今日の獲物はこの娘だ」

「今日は定例の打ち合わせで外へ出てるからね」

朝食の席で、彼はインスタントのコーンスープをすすりながら言った。

「あら、今月は早いのね」

妻の信子《のぶこ》がゆで卵の殻《から》をむきながら、

「先月は月末近くだったじゃないの」

「そうだったかな。仕方ないよ、お得意先の都合に合わせないとな」

「そうね。帰りは遅くなりそう？」

「成り行き次第だな。そう遅くはならんつもりだ」

「夕食はいらないのね？　じゃ、私と隆《たかし》だけだったら、簡単に何か取って済ませるわ」

「ああ、それがいい……」

花村容平《はなむらようへい》はゆで卵を頰《ほお》ばった。――もうこれで十か月になる。月に一度、「定例の会合」と称しているのは、実は真っ赤な嘘《うそ》で、会社へは休暇届が出してあるのだ。社の同僚へは家庭サービスで出かけているから家にはいない、とそれとなく言ってあるし、妻の信子へは、一日外出していて、どこで食事をするかも分からないという事になっているから、どちらもたとえ急用ができても電話して来ることはまずない。

月に一日、自由な、誰にも縛《しば》られずに勝手気ままのできる時間がほしいという、素朴《そぼく》な考えから、花村のアイデアは出発した。会社に対しては、比較的仕事の手が空いた頃を見て有給休暇を使うのだから、どうということもなかったが、妻の信子へ嘘をつくのは、最初気が重かった。しかしそれも十回目となればスラスラと言葉の方で進んで出て来る。時には架空の会合の様子をごく自然に話してやったりするほどだ。

「——そろそろ時間よ」

「うん、行ってくる」

花村は冷いミルクを飲みほして立ち上ると、いつも通りネクタイをしめ、上衣《うわぎ》を着て家を出た。——花村の家は郊外の建売住宅で、私鉄の駅まで約十分の道のりだ。今日はわざと歩度をゆるめて、いつもの電車を外すことにする。同じ電車はいつも同じ顔ぶれだから、もし彼が途中の駅ででも降りることがあれば目につくかもしれない。そのためにわざと一台電車を遅らせるのである。

十一月の朝、ほとんど風もなく、よく晴れ上った空に、郊外らしく小鳥の声が渡った。暖かい一日だ。

花村容平は三十六歳である。信子と結婚して九年。息子の隆は今年から小学校へ上った。会社は大手デパートの系列子会社で、彼は堅実《けんじつ》一点ばりの事務屋として、格別の成績も上げないかわり、クビになる心配もない毎日だった。不況の影響も花村にまでは遠い汽笛程度にしか響かず、就職以来十三年、何の波乱もなく過ぎて来たのだ。——彼がふと、こんな解放の時間がほしくなったのもその余りに平穏無事な日々のゆえかもしれない。

一台遅れの急行に、花村は乗り込んだ。いつもの電車より心もち混んでいるが、不思議に苦にならない。満員電車も、それ自体が苦痛である以上に、それに乗って、ストレスの吹きだまり——職場——へ行くと思うからこそ、苦痛も倍加するのだ。花村は周囲の乗客を見回して、微《かす》かに優越の微笑《びしょう》を浮かべた。ご苦労だね、諸君！

最初の時は、もう休暇を楽しむどころではなかった。信子が何かの用で会社へ電話をしていたら、あるいは仕事で急に問題が起こって、社から家へ連絡が行っていたら、と思うと、映画を見ていても気が気ではなく、公園や通りを歩くにもせかせかといつもの調子で歩いていては、はっと気付いて足をゆるめる、という始末だった。

それに、いきなり自由に一日を過ごそうと思ってみても、思いつくのは映画見物や、古い友人を訪ねるくらいのもので、どこへ行くか、何をするか、ほとんど途方にくれる時間の方が長いくらいであった。

彼が今のゲームを思いついたのは三度めの秘密休暇——彼はそう呼んでいた——の時である。たまたま朝の新宿駅で、スーツケースを手にウロウロしている若い娘を見かけて、何をしているのかな、と目を止めたのだった。どうせ暇なのだから、と彼女の後をつけてみると、彼女はデパートや盛り場を散々歩き回り、あげくは公園で一休み。いい加減馬鹿《ばか》らしくなって引き上げようとした時、突然周囲を歩いていたアベックたちがワッとその娘へ飛びかかって大混乱になった。何が起こったのか分らずにポカンとして成り行きを見ていると、そのスーツケースを持った娘が手錠《てじょう》をかけられて連行されていった。その娘は指名手配されていた凶悪犯で、アベックたちは刑事と婦人警官だったということを、花村は後で知ったのだが、その時に、ふと思いついたのである。これは時間潰《つぶ》しには格好のゲームだ。朝の新宿には何十万の人間が行き来する。その中で、どう見ても出勤途上には見えない若い女性を選んで、一日尾行してみるのだ。彼女がどこへ行き、誰と会うか、全く予想がつかない。加えて覚られないように尾行する、探偵まがいのスリル。人の私生活を垣《かい》間《ま》見る、ちょっと週刊誌的な興味……。この時以来、花村は毎回このゲームを続けて来た。

もちろん尾行するだけが目的で、その結果、何かその女性の秘密を知ったとしても、一切何の関りも持たない、と決めていた。だからこそゲームであり、遊びなのだ。

とはいえ、毎回面白い相手に巡り会うとも限らない。後をつけた相手が東京駅へ行って、そのまま新幹線へ乗って行ってしまったこともあるし、髪振り乱して銀行の裏口へ駆け込むのを追って入ってみると、しばらくしてその女性が窓口に座っていたりする……。

しかし、一度はいい身なりをした上品な人妻が、ほとんど息子ぐらいの高校生と薄汚れた連れ込み旅館へ入るのを見たし、中学生としか見えない娘が、一日の間に三人の男を相手に売春をして稼ぐのも、目の当たりにした。

——未知の本のページをめくる楽しさが、そこにはあったのだ。

この日は捜すまでもなかった。電車に乗って、すぐその女性が目に付いたからだ……。

「よし。……今日の獲物はこの娘だ」

大きなショルダーバッグを下げた娘は、結局終点の新宿駅まで乗った。ここから降りて方々へ分かれる流れの混乱の中で、一人の人間を見失わずにいるというのは大変なことである。ただ彼女の場合は、その大きなバッグと派手なコートが暗い背広やコートの群の中では目印になったし、あの年代なら普通の身長なのだろうが、小柄な中年のサラリーマンと比べて頭が少し出ているので、ついて行くのも、そう苦労ではなかった。

彼女は改札口を出ると西口地下広場を歩き出した。足取りは確かで、きびきびしていたが、急いでいるわけではないようだ。

そこから彼女は南口へ抜ける地下街に足を向け、一軒の喫茶店に入った。花村はその真向いの店へ入ることにする。何しろ喫茶店ばかり並んでいて、しかもどこもガラス張りだから、充分に見張っていられる。

――彼女はモーニング・サービスのコーヒーとトーストを、ゆっくり時間をかけて食べた。時間を潰している、と花村は思った。ほぼ十分おきぐらいに腕時計を見ているのだ。人と待ち合わせているのではない。もし待ち合わせるなら、客が入って来る度に入口の方へ目を向けるはずだが、一向にその気配はないからだ。

約四十分、彼女はその店で、じっと座って時の過ぎるのを待っていた。――不思議な娘だ、と花村は思った。普通なら退屈して、本でも取り出して読むか、店の新聞でも開く所なのに、何も見ようとせず、ただ黙って空になったコーヒーカップを弄《もてあそ》んでいるだけなのだ。思いつめている、という印象だった。といって絶望的になっているとかいうのではなく、何か重大な事を前にして、ともすれば昂《たか》ぶろうとする気持ちを必死で抑えているとでもいうか……。

花村は二杯めのコーヒーをすすって、思わずニヤリとしてしまった。精神分析をする柄かな、俺が。しかし、それでいいんだ。どうせ当っても外れても、誰が知っているわけでもない。これも遊びの楽しみの一つだ。

彼女がやっと腰を上げたのは、もう大分行き来するサラリーマンの数も減って来た九時二十分頃だった。

もう混雑のピークを過ぎた、山手線のホームには、あのラッシュ時の殺気立った雰囲気とは違って、一種独特の、和《なご》んだ感じが漂っている。駅員同士がホッとした表情で笑い合ったり、老人に電車の乗り場を訊《たず》ねられたサラリーマンが丁寧《ていねい》に教えてやっているのも、ラッシュの終わった後ならではのことだ。

彼女はベンチに腰をかけると、ショルダーバッグの中へ手を突っ込んで、小型のカセットテープレコーダーを取り出した。なるほど、小型とはいえ、あんな物が入っていては重いはずだ。しかし、こんな所で一体何をするつもりなのだろう?

花村は時刻表を見るふりをして、彼女の座っているベンチの背後へ回ってみた。チラリと手元をのぞき込むと、赤い印のついたボタンを押してある。花村も同じようなポータブルのレコーダーを持っている。花村が持っているというよりは、息子の隆のために買ってやったのだ。二十センチ、三十センチぐらいの長方形で、マイク、スピーカーも内蔵された、実用本位の機械である。彼の持っている品では、赤い印のボタンは、〈録音〉だ。彼女のものはメーカーも違うようだが、ボタンの並んだ順などからみて、どうもやはり録音ボタンではないかと思える。スピーカーから何の音もしていないし、別にイヤホンで聞いているわけでもない。やはり録音しているとしか思えないのだが、一体こんなホームの雑音を録音してどうするつもりなのだろう?――花村は首をひねると同時に、好奇心をかき立てられた。

反対側に総武線《そうぶせん》の電車が来て、出て行くと、すぐに山手線の電車もホームへ入って来る。彼女はテープを止めると、ショルダーバッグへレコーダーを元通り収めて、ちょうど開いた目の前のドアから乗り込んだ。花村は扉二つ分離れて乗り込むことにした。――いくらどこにでもいるような中年サラリーマンといっても、そうそう近くにいては怪《あや》しまれる心配がある。

痴漢《ちかん》と間違えられて突き出されでもしたら、それこそことだからな、と花村は思った。

原宿駅で降りた彼女を、花村は距離を取って尾行して行った。この時間には乗降客が少なく、道を行く人影も少ない。それに、まずいことには、新宿と違って、このあたりでは平凡なサラリーマン姿の方がむしろ目立つのだ。

高級マンションの建ち並ぶ一角へと、彼女の足は向いていた。足取りは早くも遅くもならず、メトロノームのように正確にリズムを刻んでいる。

花村は足を止めた。——彼女が、小さな公園の前で立ち止まると、一瞬背後へ視線を走らせたからだ。気付かれたか、とヒヤリとしたが、どうやら大丈夫のようだった。彼女は公園の中の小さなトイレへと姿を消した。

——こんな時の時間潰しは、尾行している時、一番困ることの一つである。道の真中でウロウロしているのは、通行人などに妙な目で見られるし、といって手近な喫茶店に入るほどの時間もない。見回していると、ちょうどいい物が見つかった。電話ボックスだ。

中へ入って、受話器を取り、耳に当てておく。やれやれ、これで落ち着いた。——ボックスからは公園のトイレがよく見えた。絶好の場所である。

「——なかなか出て来ないな」

と呟いた時だった。トイレから一人の女が出て来た。——が、その女は地味な茶のワンピースに薄手のレインコートを無造作に引っかけていた。別の女だ。

「じかし……」

妙だ、と思った。別の女？　いや、――あの女性だ！

驚くほど印象は変っていたが、間違いなく彼女だ。あのショルダーバッグを、手に下げている。テープレコーダーと服の替えまで持って歩くのでは、あれぐらいのバッグでないと間に合うまい。それにしても一体これは……。

のんびり驚いている暇はなかった。――というのは妙な言い方だが、花村が呆気《あっけ》に取られていると、彼女が花村のいる電話ボックスへ向かって、真直ぐに歩いて来たのである。

花村は慌てて電話の方へ向き直り、

「あ、もしもし……うん、そうなんだよ」

としゃべり始めた。――ガラスをトントンと叩く音がする。振り向くと彼女が苛々《いらいら》した表情で立っていた。どうやら気付かれてはいないらしい。花村は、

「じゃ、次の人が待ってるから」

と無言の受話器に説明して、「ああ、さよなら」

と通話を終えた。

「失礼」

とボックスを出ると、彼女が入れかわりに中へ入る。急いでいる、何を慌てているのだろう？　それも、今までのんびりと時間を潰したりしていたのに。

ともかくボックスの前で立っているわけにもいかず、花村は少し歩いて、電話の陰に隠れた。向うは電話で話しているのだ。そう周囲を注意して見ることはあるまい。

「やれやれ、冷汗だ……」

今までも、尾行している相手と曲り角で出くわしてギョッとしたことはあるが、今度のようなことは初めてだ。——それにしても、あの女、一体何を考えているのだろう？　女子大生などが、学校へ行くと言って家を出て来て、途中で派手な服に着替えて遊びに行くという話はよく聞く。しかし彼女の場合は目立つ服を地味な服に替えているのだ。

ボックスの様子を窺《うかが》った花村は、ふと眉を寄せた。——あのカセットテープレコーダーが、電話機のすぐ下の棚に載せてあるのだ。彼女はダイヤルを回す前に、レコーダーのボタンを二度押した。巻き戻し、再生というところらしい。それからダイヤルを回し始めた。

話しているすぐそばで、あんなテープを回されちゃ話の邪魔だろうに……。それも音楽というならともかく、新宿駅の騒音では——。

「そうか……」

花村はやっと理解した。——あの時テープに入ったのは、騒音だけではない。駅のアナウンスも録音されている。総武線の電車が先にホームへ入って来た時の声だ。

きっと彼女は電話の相手にこう言っているのだろう。

「今、新宿駅のホームなのよ……」

そしてテープの声がその後ろで、

「新宿——新宿——」

と、アナウンスしているのだ。相手は本当にそう信じ込むに違いない。

「アリバイ作りか……」

花村は、これは大変なことになった、と思った。ここには明らかに犯罪の匂いがする。ただ友人や家族をごまかすためなら、これほど手間をかける必要はあるまい。——花村は迷った。尾行を続けるか、それともここで打ち切って、女のことは忘れてしまうか。尾行した相手とは一切関りを持たない。それがこのゲームの鉄則である。しかし女がもし犯罪に関係したとなれば、そうも言っていられなくなってしまう。そんなはめに陥るのは彼が最も恐れるところだった。

——ここはもう諦めよう。今日は後、映画でも見て過ごすことにしよう。そう決心した時、女が電話を終えてボックスから出て来た。まるでさっきまでとは別人のような早い足取りで、広い通りから折れて、狭い道へと入って行く。

花村はほとんど無意識の内に歩き出していた。彼女の姿が細い道を右へ左へと折れて行くのを、必死で追いかけた。考えている余裕はなかった。女の方は、人目につかないと思える小路では本当に走っているのだ。見失わないように、と思うだけで精一杯、とてもそれ以上の事は考えられなかった。

あるマンションの裏口へ出ると、彼女は肩で息をつきながら、地下駐車場からの車の出口の傍に身を潜めた。花村は女よりずっと年齢《とし》だ。息切れがして、十一月というのに肌が汗ばんでいる。――畜生！　一体何をやってるんだ？

一台の乗用車が地下から走り出して来た。黒のクラウンで、運転しているのは四十歳前後の女性だった。車が走り去って見えなくなると、女は裏口からマンションへ入って行った。花村はしばし迷ってから、十五分だけ待ってみることにした。それで出て来なければ尾行は打ち切りだ。

――数えてみると十一階まである。相当に豪華なマンションだ。この辺だと値段も相当なものだろうな、と花村は思った。四千万か五千万か……。まあそれ以上ではあってもそれ以下ではあるまい。とても俺たち庶民には手の出ない住家だ。――花村はこの時ばかりは一日探偵から、しがないサラリーマンに戻っていた。

女が足早に出て来た。まだやっと五分しかたっていない。いやに簡単に用が済んでしまったものだ。――女はさっきと同じように早い足取りでわき道を抜けると、広い通りへ飛び出し、ちょうどやって来たタクシーをつかまえた。花村は女を乗せたタクシーが新宿の方へと走って行くのを見送って肩をすくめた。

「これで終わりか……」

すぐに空車の来る気配もない。それにしても、全く妙な女だった。――さて、まだやっと十一時だ。

「映画でも見るか……」

と駅の方へ戻りかけた時、足下の白いハンカチに気付いた。——拾い上げてみると、ほとんど土もついていない。あの女がタクシーに乗る時、落としたのだろう。前から落ちていたのなら、もっと汚れているはずだ。白い、女物のハンカチで、かすかに香水が匂う。広げてみると、隅の方にイニシャルの縫い取りがあった。

「Y・M」と読めた。

2

「早かったのね」

信子が驚いた様子で言った。

「ああ、早く話が片付いてね」

花村は玄関を上りながら、

「何か食べる物はあるか?」

「あら、食べて来ると思ったから……」

「うん、何でもいい」

「大した物はないわよ」

「お茶漬でも食べるよ」

「じゃ仕度しましょ」


花村は着替えて食卓につくと、肩で息をついた。今日は疲れたよ、全く。妙な女を追っかけてしまったもんだ。散々かけ足はやらされるし、そのあげく尻切れトンボに終わらされてしまった。

「今回は不作だったな……」

と思わず口に出すと、

「あら、お話が巧く行かなかったんですか?」

と信子が入って来る。

「い、いや」

と慌てて咳払いして、「そうでもないんだが……。まあまあ、ね」

とわけの分らないことを言ってごまかした。

「夕刊はそこよ」

「ああ……」

花村はお茶を一口すすって、新聞を広げた。——その記事を見た時の気持ちは、驚きよりはむしろ迷惑だという方が近かった。

〈映画プロデューサー殺さる〉

あのマンションの写真が出ている。予期していたわけでもないのに、なぜ驚かないのだろう? 花村はむしろその方が不思議だった。いや、あの女が電話でアリバイを作っているのを見た時から、我知らず、こんな事件を予想していたのかもしれない。

花村は記事を読み進んだ。被害者は関口《せきぐち》という映画プロデューサーで、あのマンションに三枝智子《さえぐさともこ》という女と同棲していた。といってもマンションは女の物であり、彼女はかなりの財産家でもあって、要するに殺された男は彼女に養われていたわけだ。事件は十一時前後に起こった。関口はマンションの玄関で胸を鋭いナイフで一突きにされて死んでいた。三枝智子はほんの少し前に、マンションを訪ねて来る事になっていた姪《めい》を迎えに車で出かけていたのだ。——花村はテレビをつけた。ニュースが始まったばかりだった。

「何か?」

と、不思議そうな信子へ、

「いや、企業合併のニュースが気になってね」

と言いわけする。

幸い、事件のニュースはすぐ始まった。見憶えのあるマンションが写し出され「とても手の出ない」部屋の中が写った。——だが彼の待っているものはなかなか出て来ない。お茶漬をかっこみながら目をじっとテレビの画面から離さずにいると、ニュースの最後、ほんの一秒ぐらいのカットに、期待していた物が写った。捜査の様子を、傍で不安気に眺めている女。三枝智子であろう。あの時、地下駐車場から出て来た車を運転していた女である。その隣に、若い娘が立っていた。三枝智子が迎えに行ったという姪に違いない。

——派手な縞柄のコートにはっきりと見憶えがある。

「——顔見知りの計画的な犯行と見て、捜査を続けています」

ニュースはそう結ばれていた。

犯行の様子は、花村にもよく分る。あの若い娘は、マンションのすぐ近くから三枝智子に電話をかけ、テープを使って新宿と思わせ、新宿のどこかで待ち合わせたのだろう。そしてマンションへかけつけ、三枝智子が車で行くのを見届けた上で目指す部屋へ行き、出て来た関口という男を一突《ひとつ》き、すぐに裏口へ取って返し、表へ出てタクシーで新宿へ直行する。三枝智子も約束の場所に姪がいないので妙に思ったかもしれないが、五分ぐらいの遅れで現れれば——いや、服を元通りに着替えるのに更に数分を要したとしても、そう疑問を持つことはあるまい。新宿は広く、人も多い。

「あら、私、あっちで待ってたのよ！」

そのひと言で片は付く。

「——困ったな、それにしても」

風呂につかりながら、花村は呟いた。一体どうすればいいのか。殺人事件の犯人を、彼は知っているのだ。本来なら当然警察へ通報すべきところだが、それにはあまりに厄介な点が多すぎる。

当然警察はなぜ花村が彼女を尾行したのかを訊くだろう。それにどう答えればいいのか。見知らぬ他人を「趣味で」尾行しているなどと答えたら、それこそ警察は彼の証言など信用すまい。むしろ彼自身のことが怪しまれて、あれこれを調べられるかもしれない。何も法に触れるような事はしていないにしても、その事実は少なくとも妻の信子の耳には入るに違いない。信子にしても、夫が自分に嘘をついていたと知れば、少々のもめ事は覚悟しなければなるまい。

それに殺された男は、結局、女のヒモにすぎないではないか。どうせ動機も愛情のもつれか何かなのだろうし、殺されてもともと——といっては何だが、当人の、身から出たサビに違いない。

そんな奴のために自分の家庭に不和を生じるなど、馬鹿らしい話だ。それに、彼の秘密のゲームがみんなに知られることにでもなれば、変態扱いされて十数年勤め続けて来た会社を辞めざるを得なくなるかもしれない。そうなったらもう花村自身の将来が破滅だ。

よし、口をつぐんでいよう。——このことは誰にもしゃべるまい。忘れるんだ、今日のことは……。

「それに、警察だって馬鹿じゃないからな」

動機の線からでもたぐって、あの娘を怪しいと思えば、彼女のアリバイ工作くらいすぐに見破ってしまうだろう。

「そうとも。何も俺が口を出すことはない」

少し気が軽くなった。きっと明日の朝刊には「犯人逮捕」の記事が出るだろう。——その時、花村はあの拾ったハンカチのことを思い出した。Y・M。その姪なる女性の名前が出ていないので、正確には分らないが、まず十中八九、その姪の頭文字もY・Mに違いないと、花村は思った。

「そうだ、あれも処分してしまおう」

決心がつくと意外に簡単なものだ。しかしハンカチを家の中で焼くわけにはいかない。明日、出社の途中で、駅のくず入れへ捨ててしまえばいい。

花村はその夜、いつもより早目に床に入った。尾行の疲れか、ぐっすりと眠り込んだ……。

「おい花村、何考え込んでるんだ?」

同僚の梶川《かじかわ》に声をかけられて花村は我に返った。

「やあ」

昼休み、オフィスのビルの向い側の喫茶店である。花村は広げていた新聞をたたんだ。

「何読んでた？」と梶川はちょっと花村の手元を覗き込んで、

「ああ、その殺人事件か」

「う、うん。――ちょっとね」

「その殺された男にな、俺会った事があるんだよ」

「本当か？」

花村は驚いて言った。「どうして？」

「いや広告の件でな。――何ともいやな奴だったぜ。一度会って名刺を交換しただけだが、もう二度と会いたくないって奴だな」

「そんなにいやな奴なのかい？」

「ああ。どこが、って言われると困るんだがね、こう、何というか……いけ好かない、とでもいうか。ベタベタしてお愛想笑いばかりしてやがる。俺は一緒に行った八田《はった》に言ってやったよ。『きっとあいつは女のヒモだぜ』ってな。本当にその通りだったじゃないか」

梶川は愉快そうに、「俺の勘も満更じゃないよ」

「そうだな」

花村は曖昧《あいまい》に微笑んだ。

「ま、誰がやったのか知らんが、あんな奴、死んだところでどうって事ないよ。社会から害虫が一匹いなくなったようなもんさ」

「うん……」

害虫か。——いや、害虫ならまだしも、殺された関口は、ただ人にたかって生きる寄生虫のような男だったらしい。

花村の心はいつになく道徳的になっていた。誰の命でも、命は命だ。殺人は殺人なのだ……。しかし、だからといって、自分に何ができるだろう？

もう彼は、昨日のようには割り切ることができなくなっていた。ポケットには、捨てるつもりのハンカチが、入ったままだ……。


「もしもし」

「三枝ですが」

女の声が答えた。

「三枝智子さんですね？」

「——どなた様でしょう？」

花村は迷った。このまま受話器を置いてしまえ！　そして総《すべ》てを忘れてしまうことだ。

「もしもし——何のご用でしょう？」

「関口さんの殺された件でお話があります」

ほっと息をつく。もう始めてしまったのだ。後にはひけない。

「どういうことですか?」

女は戸惑っている様子だった。

「その前に一つ伺わせて下さい。事件の時、あなたが迎えに行った姪御さんは何とおっしゃるんですか?」

「名前ですか?——でもそれが何か——」

「重大なことです。教えて下さい」

「百瀬好子《ももせよしこ》です」

Y・Mか。——間違いはない。

「新宿駅で待ち合わせたとおっしゃいましたね」

「ええ」

「姪御さんは少し遅れてみえませんでしたか?」

「ええ、十五分ほど……。でも、ちょっと場所を勘違いしていたようですの。——あの、一体何のお話ですか?」

花村はゆっくり肯いた。思った通りだ。

「実は折り入ってお話ししたいことがあります。大変に重要なことなので、ぜひ……」

相手はやや間を置いて、

「――分りました。どうすればよろしいんですか?」

「明日――土曜日ですから、午後にでもお会いできないでしょうか」

「構いませんわ」

花村は新宿の喫茶店を指定した。いわゆる同伴喫茶という、あまり柄の良い場所ではないが、普通の場所で話が他人の耳に入っても困る。

「それでは私が先に行っていますわ」

と彼女は言った。「三枝と呼び出して下さい」

「分りました」

偽名を使う気の重さから逃れられて、花村はホッとした。なかなか気の付く女性だ。二時、と約束して、電話を切る。

オフィスへ戻って仕事をしながら、なぜ俺は警察へ知らせないんだろう、と思った。警察へ通報すれば、こっちの事もあれこれと探られる。匿名の手紙という手もあるが、そんな物をどの程度警察が信用するか、怪しいものだ。――いや、自分の事ばかりを考えているわけではない。あの若い娘が、なぜ関口という男を殺さねばならなかったのか。そこにどんな事情があったのか、彼には知りようもない。花村は別に警官ではないのだから、時には許されるべき殺人もある、と思っている。その判断も、総てを話すことであの三枝智子という女性に託してしまおう、というつもりであった。――それで良心の問題からも、警察の追及からも逃れられる。彼はそう思ったのである。

「三枝さんを……」

狭い階段を降りた受付のカウンターで告げると、愛想のない男が、

「下の三号です」

と返事をする。同伴喫茶といっても、安い方はただカーテンで仕切られているだけ。もう一階下がると、一応本当の個室という形で、値段も高いのである。やや空気の悪い通路を行って、〝3〟と番号の付いたドアをノックする。

「どうぞ」

女の声がした。花村はドアを開けて、

「遅くなりまして――」

言葉を途中で呑み込んで、花村は立ちすくんでしまった。ソファに腰を降ろして彼の方を見上げているのは、花村が尾行したあの若い娘ではないか。

「――驚かせたようで、すみません」

と彼女が言った。

「あなたは……」

「百瀬好子です」

「しかし——その声は確か電話の——」

「叔母《おば》が外出していて、私が留守を頼まれていたんです。そこにあなたのお電話が……」

年齢の割に落ち着いた、低い声だった。この声にすっかりだまされてしまったのだ。花村は電話で、三枝智子さんですね、と訊いた時、相手が「はい」とも「いいえ」とも言わずに、ただ「どなた様でしょう」と聞き返して来たことに、やっと思い当った。確かめるべきだったのだ！

「——お掛けになりません？」

百瀬好子は落ち着き払っていた。突っ立っていた所で仕方ない。花村は向い合ったソファへ腰を降ろした。百瀬好子がテーブルの端のボタンを押すと、すぐにウエーターがやって来た。花村は上の空でコーヒーを頼むと、

「叔母さんはこのことをご存知なんですか？」

と訊いた。

「いいえ。私に関係のあるお話のようでしたので」

どうしたものか。しかし、困っている暇もないのだ。——こうなったからには何もかも話してしまう他はないだろう。まさかこんな所でナイフ一刺し、ということもあるまい……。

「分りました」

花村はため息をついて、「あなたに直接お話しするつもりはなかったんですが……」

「関口さんが殺された件で、何か?」

「殺したのはあなたですね」

彼女は眉一つ動かさなかった。顔色を変えなかった。そう言われるのを予測していた様子だった。——コーヒーが来た。

「なぜそうお考えになるんですの?」

「考えるのではなくて——知っているんです。あなたがあのマンションへ入り、急いで出て来るのを見ました」

「人違いです」

「いや、あなたです」

「私は事件のあった時、新宿にいたんですよ」

「十五分ほど遅れた、とあなたが自分で言いましたよ。叔母さんもそうおっしゃるでしょう」

「でもそれは——」

「待って下さい。順を追って説明しましょう」

花村は彼女が新宿駅でテープを回していた所から詳しく描写して行った。——百瀬好子は口を挟むでもなく、じっと花村の話を聞いていたが、やがて彼女がタクシーで新宿へ向って走り去る所で話が終ると、大きく息をついた。

「――面白いお話ですわ」

「そうでしょう」

花村は彼女がどう出て来るか、様子を窺った。あのハンカチの事はまだ黙っていたのだ。

「でも、そんな話を警察が信じるでしょうか？　私が全部否定したら？」

「それは無理でしょう」

「でも、何の証拠もありませんわ。テープは消してしまえばお終いです。タクシーの運手だって、私を憶えてはいないでしょう」

「あなたが怪しいとなれば警察は色々調査するでしょう。あなたは誰にも見られていないつもりでも、マンションの住人で見ていた人があるかもしれない。凶器のナイフも、あなたが買ったと立証されるでしょう。一つ崩れだせば、早いものですよ」

「そうかもしれません。――でも一切知らないと言い張ることはできます」

「証拠がありますよ」

百瀬好子は初めてはっとした顔で、

「何ですの？」

「ハンカチです。あなたのイニシャルが縫い込んである」

「それを、あなたが――」

「拾ったんです。あなたは慌てていて、タクシーに乗る時にそれを落とした」

「それをお持ちなんですか」

「今ここには持っていません」

それは嘘だった。ハンカチは内ポケットに入っている。しかしここは持っていないことにした方がいい、と思ったのだ。

長い沈黙があって、花村はひどくきまりの悪い思いをした。およそ自分には場違いな状況である。平凡なサリーマン、何の変哲もない中年男が、ここで殺人の話をしているのだ。

——白昼夢のように、非現実的な気がした。

「——分りました」

百瀬好子がやっと口を開いた。「何をお望みなんですか?」

「望み?」

「お金ですか」

「とんでもない!」

花村は慌てて言った。「あなたは僕が脅迫するつもりだと——」

「違うんですか?」

「そのつもりなら最初からあなたを呼び出しますよ。そうでしょう?」

彼女は肯いて、

「そうですね。すみません」

「僕はどんな事情であなたがあの男を殺したのか分らない。だから知っていることを警察へ話すべきかどうか決めかねたんです。――やむにやまれぬ事情のある場合だって、世の中にはあります。あの殺された人はどうもあまり人に愛されてはいなかったようだし……」

「ハゲタカのような男でした」

彼女は吐き捨てるように言った。「叔母はあの男にだまされていたんです。私が何度意見してもだめでした。そしてあの男と結婚すると言い出したんです。私、何としても食い止めなければと思いました。そのためなら――」

「殺しても、ですか」

「ええ。――あなたの見ていた通りに、私は計画を立てました。叔母は人が好くて、信じやすい性質です。だますのは簡単でしたわ」

彼女は一息ついて、「――どうしますか？　私を警察へ突き出すか……」

「正直なところ、決めかねているんです。やはりその叔母さんに総てを打ち明けて……」

「いいえ、それはだめです！」

と彼女が強い口調で言った。

「どうしてです？」

「叔母は――何も知らないんです。本当にあの卑劣な男を愛していたんですから。今は大変なショックを受けていて……。もし私がやったことだと知ったら、死んでしまいますわ」

花村はため息をついた。この娘の言う通りかもしれない。しかし、殺人は殺人である。それにあえて目をつぶるだけの決心はまだつかない。

「分りました」

花村は言った。「――ともかく、あなたのお話はよく分りました」

「で、どうなさるんですの？」

「今日ははっきりお答えできません」

花村は答えた。「月曜日の夕方、ここへ来ていただけますか？」

「ええ」

「その時にご返事します。いや――」

花村は付け加えて、「別にあなたをじらせてやろうなどと思っているわけじゃありませんよ」

「ええ、よく分っていますわ」

彼女の口調からは挑戦的なところが消えていた。「――あなたはご親切な方です」

「親切？」

「ええ。すぐに警察へ届けずに、こうして話を聞いていただけましたもの」

「親切かどうかは分りませんね」

花村は苦笑した。「さて、どうぞ、先に出て下さい。私、支払いを済ませて行きます」

「では……。月曜日に」

百瀬好子は軽く会釈《えしゃく》して出て行った。——花村は一人になると、そっと額の汗を拭った。馴れないことは疲れるものだ……。

何もかも忘れてしまおうか、と花村は思った。しかし人殺しを見逃すことは、やはり重大なことである。それに、あの娘が言うことが全部事実であるとは、誰にも言えない。いや、事実としても、あんな男だから殺されていいとは、決して言えない。

帰りの電車を降りたのは、そろそろ四時半になる頃だった。郊外の駅はホームが高いので、電車から出ると冷い風がまともに吹きつけて来る。この時間になると、急に気温も下がって来る気配だ。最近はこの駅もめっきり乗降客が多くなった。団地が続々と作られているせいだろう。

「さて、今日は何の用だったことにするかな……」

考え考え、ホームから下り階段へ足を踏み出した時、誰かの手が彼の背中を押した。

3

「気を付けてちょうだいよ」

信子が夫の額に傷テープを貼り付けながら苦情を言った。「足下がもつれるなんて、まだそんな年齢でもないでしょう」

「言いにくいことを言うなよ」

花村は顔をしかめた。「ちょっと足を滑らせたのさ」

「下まで落っこちていたら大変だったわよ」

全くだ。もしあの高い階段を一番下まで転げ落ちていたら、と思うと、今さらのようにゾッとする。前にいた他の客が気付いて腕をつかんでくれたので、ほんの数段落ちただけで済んだのだった。

誰かに突き飛ばされた。——畜生！　あの娘に決っている。先に同伴喫茶を出て、どこか物陰に隠れていたのに違いない。そして彼の後をつけて来た……。

もう少しで花村は吹き出すところだった。いや、笑いごとではないのは充分承知していたが、妙に笑いたくなったのだ。——尾行は俺のゲームだったのに、それが今度は尾行される側に回るとは！　全く、お笑い草だ。

「あなた」

信子がちょっと怪しむように、「何をニヤニヤしているの？　頭打って、どこかおかしくなったんじゃなくて？」

〈三枝智子〉と表札があった。――またあの女がいたらどうしよう？

「ま、その時はその時だ」

花村は肩をすくめた。「この傷のお返しにお尻でもひっぱたいてやるさ」

呼び鈴を押すと、部屋の奥でチャイムがポロンポロンと鳴るのが聞こえて来た。――待つことしばし。いい加減待って、留守かな、と思った時、チェーンの外れる音がしてドアが開いた。

「はい、どちら様でしょ？」

三枝智子は近くで見ると、思っていたより老けて見えた。四十五にはなっているだろう。「恋人」を失ってガックリ来ているせいもあるのかもしれない。車の運転席にいる所と、TVのニュースで見ただけだが、こうして見ると、人の好いおばさんというのが、全くピッタリ来る。

「私、花村と申します。――実はちょっとお話ししたいことがありまして」

「記者の方でしたら……」

「いえ、違います」

「そうですか。どうぞお入り下さい」

――「手の出ないマンション」の中へ、花村は足を踏み入れた。さすがに豪華で、ゆったりとしている。装飾に金をかけているせいだろう。花村は応接間のソファへ腰を降ろした。

「どうも失礼なことを申し上げて……」

三枝智子は向い合って腰を降ろすと、「何しろこのところ新聞や週刊誌の記者の方たちが毎日のようにやって来るものですから、ちょっとノイローゼ気味で……」

「お察ししますよ」

「人の死ぬのがそんなに面白いんでしょうかねえ……」

と元気のない声で言った。「あら、ごめんなさい。何のお話だったかしら?」

「はあ、実は――姪御さんのことでお話ししたいことがありまして」

「好子さんのこと? まあ、何でしょうか?」

「ええ……」

口を開きかけた時、チャイムが鳴って、

「ちょっと失礼しますわ」

と三枝智子は席を立った。

「今日は!」

玄関から聞こえて来た声に、花村はギクリとした。百瀬好子の声ではないか。

「叔母さん、お客様？」

「ええ、何だかあなたのことでお話があるって、ね」

「私のこと？」

「今おみえになったばかりで、まだお話も伺ってないんだよ」

話しながら二人は応接間へ入って来た。百瀬好子はセーターとジーンズの軽装だった。

花村の顔を見ると唖然として立ちすくんだ。生きていたので、びっくりしたのかもしれない。

「やあ、この間は――」

と花村が言いかけると、突然、百瀬好子が飛びかかって来た。

「おい！」

よける間もあらばこそ、彼女がワッと飛びついて、花村はソファに横倒しになってしまった。どうする気だ？　ここで殺そうというのか――そうはいかないぞ！

だが――花村の考えは見当外れだった。気が付いてみると、彼女は花村に覆いかぶさるようにして、唇を彼の唇へ押し当てている。何だ、これは？――どうなってるんだ？

唇が離れても、花村は軽いショック状態で呆然としていた。

「会いたかったわ！」

と彼女は喜色満面、「叔母さんに話しに来てくれるなんて嬉しいわ！　でも私に相談してくれなくちゃ。そうでしょ」

「一体――」

「ね、叔母さん！　この人、私の恋人なの」

「まあ。好子さん……」

三枝智子も、花村に劣らずびっくりしている。

「叔母さんのこと前から話してたもんだから挨拶に来たのよ。ちょっと待っててね。二人でよく相談してからまた来るから……」

「ええ、そりゃあ……」

「じゃちょっと二人で出て来るわ。さ、早く行きましょ！」

「おい！」

「早く、早く！」

若い女性というのはこんなに力のあるものなのか、と花村は驚いた。グイグイ手を引張られて、アッという間に玄関から外へ連れ出されてしまったのだ。

「一体何の真似だ？」

花村が訊くと、百瀬好子はキッと彼をにらみつけて、

「裏切り者！」

とひと声、強烈な平手打ちが花村の頰に炸裂した。――痛い、というより驚いて目を白黒させた花村が、

「何をするんだ！」

「月曜日に返事をするなんて言っておいて、こっそり叔母へ話しに来るなんて卑劣よ！」

「君があんな真似をしたからだ！」

花村も頭へ来て怒鳴った。

「何の話よ？」

「とぼけるな！　ホームの階段から突き落とそうとしたくせに！」

「――何ですって？」

彼女は訳の分らない様子で、「ホームの階段って何のこと？」

「それじゃ……あれは……」

「それで、おでこにそんなテープ貼ってるの？」

彼女は愉快そうに言った。

「笑いごとじゃない！　一歩間違えば首の骨を折って死ぬところだったんだ」

「お気の毒さま。でも私じゃないわ」

「じゃ誰だ？」

「知らないわ。他のあなたのゆすってる人じゃないの」

「僕はゆすりなんかしてない！」

「しっ！　静かにしてよ！」

百瀬好子は慌てて廊下を見渡し、「ここの話し声は部屋の中によく聞こえるのよ。――行きましょ」

「どこへ？」

「どこか話のできるところ」

「それはいいけど。階段はごめんだ。エレベーターで行く。また突き落とされちゃかなわんからね」

「ご自由に」

百瀬好子は肩をすくめた。花村はそっと頬をさすった。

「ああ痛い……」

痛みを感じるだけの余裕ができた、と言うべきか……。

「私はあなたの後なんかつけません」

百瀬好子は言い張った。「あれから真っ直ぐ自分のアパートへ帰ったわ」

「じゃ僕を突き落とそうとしたのは……」

「本当に誰かが突き飛ばしたの？　足を踏み外したんじゃないの？」

「それぐらいのこと、ちゃんと分る！」

花村はムッとして言った。

二人はマンションの一階にある小さなティールームにいた。

「もし誰かが突き飛ばしたんだとしても」

と彼女は言った。「それがあなたを殺そうとしてやったことだとどうして分るの？　つい、よろけてぶつかってしまったのかもしれないわ」

「しかし……」

と言いかけて、花村は口をつぐんだ。確かに、彼女の言う通りでないとも言えない。ただの偶然か……。

「――ま、いい。そういうことにしておこう」

ややふてくされた口調でそう言って、彼はコーヒーを飲んだ。

「さっきはごめんなさい」

と彼女が言った。「でも、てっきりあなたが約束を破ったと思ったもんだから」

「かなりきいたね」

まだひりひり痛む頰をさすって、花村は言った。

「――それで、私のことをどうするか、決心ついたの？」

「いや……。昨日のことがあったもんでね、これはもう警察へ届けないといかんと思ったんだが」

「また分らなくなった？」

「うん。君は自首する気はないのか？」

「全然ないわ。これだけははっきり言っておくわね。あんな奴のために刑務所暮しはごめんよ」

花村はため息をついた。全く困ってしまった。一体どうすればいいのか。

「あなたは今日お休みなの？」

「日曜だからね」

「ああ、そうか。――ぶらぶらしてると日曜も月曜も分らないわ」

「羨ましい身分だな」

花村は何とも妙な気分だった。いま、自分は殺人犯としゃべっているのだ。それでいて、少しも恐怖や憤《いきどお》りを感じないでいる。今日は会社の上役に呼ばれていると言って家を出て来た。今までにない事である。信子もそういう目で見るせいか、ちょっと妙な顔で見送っていた。

「え？　今何か言ったか？」

「あなたに見せたい物がある、って言ったのよ」

「何だね？」

「私のアパートまで来てちょうだい」

「しかし――」

「何か予定があるの？」

「いや、別に……」

「じゃいいでしょ」

「どこなんだね？――ああ、同じ沿線のはずだな」

「そう、三十分もすれば行くわ」

店を出る段になって、彼女が自分の分を払うと言い出してちょっともめたが、花村は一応面子《メンツ》もあって、二人分支払いをした。

「死刑囚に慈悲《じひ》を施《ほどこ》してるわけ？」

外へ出ると、彼女は皮肉っぽく言った。


新宿から急行で十五分足らず。いささかたて混んだ住宅街の中を抜けて五分ほど歩くと、どこにでもあるようなモルタル二階建のアパートへ着いた。〈××ハイム〉とマンションみたいな名がついている。

「君は今、何して暮してるんだ？」

狭い階段を上りながら、花村が訊いた。

「アルバイトよ。色々とね」

いけるの」

「そう。ウエートレス、タイピスト、スナック……。月に半分も働けば、結構楽にやって

「後の半分は遊んで暮す、か」

「そんなところね。OLになって時間に縛られるなんてごめんだもの」

「あの叔母さんは生活費を援助してくれないの？」

「全然よ。でもケチではないの。自分の姪がお金がなくて、インスタントラーメン一杯で一日我慢することがあるなんて、考えることもできないのよ。それに私も叔母さんの人のいい所につけ込みたくもないし……。あ、この部屋なの」

百瀬好子は財布から鍵を出してドアを開けると、「ちょっと、ここで待っていてね」

「ああ……」

一体何を見せるつもりなのだろう。花村は狭い廊下で、ぼんやり待った。人殺し。――しかしあの娘は、まるで悔悟とか良心の呵責といったものは無縁らしい。

「本当にあれで人殺しなのかね……」

この目で犯行計画の詳細を見ていなければ、彼女が自分から犯行をしゃべっても、とても信じられまい。――それにしても、告発が一日一日と遅れる度に、言い出すのは難しくなる。その間黙っていたことの説明をしなければならないからだ。あの女もそれを見抜い

ているのではなかろうか。あれだけ大胆というか単純なトリックを使う度胸の持主だ。そこへ頭が回らないはずはない。

「どうぞ、入って」

中から声がして、花村はドアを開け、中へ入った。――暗い。一瞬ドキリとした。暗がりの中にナイフが光って……。

「何してるの？　早くドア閉めて、上って来てよ」

狭い台所の奥が部屋になっているようで、そっちから声がする。花村は薄暗い玄関を上って、そろそろと台所を抜けて行った。

「どうしてこんなに暗くして――」

カーテンをひいた六畳間に、百瀬好子が立っていた。ほの暗い中に白い全裸の肌が光るようだ。――花村は呆然として立ちすくんでいた。

「何してるの？」

彼女は至って気軽な口調で言った。

「これは――一体、何だ？」

「口止め料」

「何だって？」

「お金がないから……」

「しかし……そんなことは……」

喉に声がからんだ。「こ、困るよ!」

「どうして? 何も面倒なことないわよ」

彼女はカーペットの上に座って、ゆっくりと四肢をのばした。——花村は額の汗を拭った。だめだ、だめだ! ここで誘惑に負けてはいけないんだ! たとえ彼女のことを見逃すとしても、それはあくまで自主的判断によるべきで、こんな代償のためではいけないのだ。結果は同じでも、良心の問題としては全く違って来る。それに——そうとも! これはいわゆる浮気ではないか。

「とんでもない! 女房を裏切るなんて……」

「あら、ずいぶんお固いのね」

「当り前だ!」

花村は浮気という経験が全くない。知っている女は妻一人。それで格別不満に感じたこともない。もちろん年齢と共に妻との交わりも疎遠になって来ているし、新鮮な感激などにはとんと縁がないこの頃だが、自分ぐらいの年齢にはそれがふさわしいのだ、と思っていた。

「僕は——君のことは黙っている。警察にも何も言わない。決めたよ! だから、そんなことしなくてもいいんだ! さあ、立ってくれたまえ!」

「あら、ありがとう」

百瀬好子は起き上って、「じゃお礼の意味で、いかが?」

「君は……」

「さっきひっぱたいたお詫びと——ね」

立ち上った彼女が静かに唇を唇へ押し当てて来ると、花村は全身に血の駆け巡るのを覚えた。若々しく引き締った体の柔らかさ、そのぬくもりが、まさぐる手に伝わって来て、久々にエネルギッシュな興奮が膨れ上って来る。

「——やっぱり、やめる?」

彼女が耳元で囁くと、花村は彼女をカーペットの上へ押し倒すようにのしかかって行った。

4

「……原宿のマンションで映画プロデューサーが殺された事件を調べていた渋谷警察署は、今日、元女優で、以前、被害者と親しかった向田《むこうだ》厚子《あつこ》・二十九歳を殺人容疑で逮捕しました。向田は犯行を否認していますが……」

「あなた、どうしたの?」

信子の声に、花村ははっと我に返った。

「い、いや、何でもない」

「早く食べないと遅れるわよ」

「ああ……」

何を食べたのか、どうやって家を出て来たのか。ともかく、いつの間にか彼はいつもの電車に乗っていた。

「弱った……」

思わず呟きが洩れる。——逮捕された女は、最近関口に振られて、かなり関口を恨んでいたらしい。事件当時のアリバイがなく、以前にもナイフで誰か男を傷つけた前科があったのが決定的だった。

警察も「重要参考人」と言わず、はっきり「容疑者」としているからには、相当の自信があるのだろう。厳しい尋問が続けば、やってもいないことを白状するかもしれない。そうなれば、ろくに物的証拠はなくても、起訴され、有罪になる恐れは充分にある。

事件が迷宮入りになるのはともかく、罪のない人間が逮捕されるのを見過ごすことはできない。といって、今さら警察へどう話をしに行けばいいのだ……。

月曜日一日、花村はほとんど仕事が手につかなかった。夕方近く、デスクの電話が鳴った。


〜

「はい、花村です」

「あら、昨日はご苦労さま」

花村は思わず受話器を取り落とすところだった。

「や、やあ――。よく、その――ここの電話が分ったね」

「昨日、あなたがシャワー浴びてる間に上着を捜して名刺見つけたの。ご迷惑？」

「いや――それは――」

「ニュース見た？」

「ああ」

「どうするつもり？」

「君はどうなんだ？」

「私はもう決めてあるわ」

「……気は変らないのか」

「変らないわ」

彼女はきっぱりと言った。「あなたは？」

「あの女性を放っておくわけには行かないよ」

「そう言うと思った」

「君には悪いが……」

「でも、それはやめておいた方がいいわ」

「そうは行かない」

「分ってないのね。——あなたとの事が奥さんに知れてもいいの？」

彼はギクリとした。会社と名前を知れば、住所をたぐり出すのも難しくはない。

「家内は信じないさ」

「奥さん？　どうかしらね。——フィルムがあるのよ」

「——何だって？」

訊き返すまでに、やや間があった。

「フィルムよ。あなたに気付かれないように、押入れの隙間から8ミリで撮ってたの。ほんの十分くらいのものだけど、私たちがテニスや卓球をやってるわけじゃないってことぐらいは充分に分るわ」

花村は歯ぎしりした。彼女へ、よりは、むしろ自分に腹を立てていた。あんな女の誘惑に乗ってしまうとは、何と馬鹿なことをしてしまったんだろう！

「僕が黙っていればいいのか？」

「ハンカチをまだ返してもらってないわ」

「よし。……それじゃ、交換で行こう」

「フィルムとハンカチ？」

「そうだ」

「いいわ。じゃ今夜……」

時間と場所を聞くと、花村は椅子にもたれた。——全く、女とは恐ろしいものだ。昨日、彼の腕の中で喘《あえ》ぎ、のけぞり、悦《よろこ》びの声を上げた女が、今日は平然と彼を脅しにかかる。身から出たサビとはいえ、全く腹が立つ！

花村は、ますます仕事が手に付かなくなった。


まだ夜八時といえば、盛り場はネオンが輝き、やっとこれから賑《にぎ》わう時刻だが、そのマンションの工事現場は、もう真夜中のように静まりかえっている。点滅する黄色い灯以外は明りらしい明りもない。

花村は足下に転がる鉄材に用心しながら、工事現場の中へ足を踏み入れた。もうかなり鉄骨も上の方まで組み上っているように見える。

「寒いな……」

木枯しが容赦なく吹きつけて来て、体の芯まで凍りつくような寒さだ。「一体何だってこんな所へ呼んだのかな」

人目につかないのは確かだが。

「——待った？」

暗がりから突然声がして、花村は飛び上らんばかりに驚いた。

「――いたのか」

「今来たのよ」

「フィルムは？」

「これよ」

少し明るい所へ出て来ると、百瀬好子は、コートのポケットから四角い、平べったい小さな箱を取り出して見せた。

「君は卑劣だ！」

「仕方ないじゃないの。身を守る保険みたいなものよ」

と一向に平気な様子で、「さあ、私のハンカチは？」

花村は内ポケットからハンカチを取り出した。

「洗濯はしてないがね」

「じゃ、これで交換条件は揃ったわけね」

彼女は近付いて来て、フィルムを差し出した――。フィルムとハンカチがすれ違って、互いの手に渡る。

「じゃこれで終りだな」

「あ、ひと言断っておきますけれど……」

と彼女が付け加える。「私の手元に、そのフィルムから焼き付けた写真が三枚ばかり残してあるの」

「何だって！」

「待って。――何もそれでどうしようっていうんじゃないわ。ただ、あなたが警察へ行かないように、っていう保証書ね」

「信用できんね」

「あら、それは信じていただく他ないわね。私だって何もあなたに迷惑かけて喜んでるわけじゃないのよ」

花村はため息をついた。

「分ったよ。じゃ、これで君とも二度と会うこともあるまい」

「あなたが会いたければ、私の方は構わないのよ」

「ごめんだな」

「残念ね、せっかく仲良くなれたのに」

花村は苦笑した。確かに久しぶりで女の肉体に堪能したのは事実だ。しかし――やっぱり、馴れた女房の、いささかぜい肉のついた体の方が俺には向いている……。

突然、目の前にズン、と鈍い響き――そして気が付くと、百瀬好子が倒れていた。太い鉄骨が一本、彼女の足のそばに転がって、彼女の右足が血だらけになっている。

「大丈夫か！」

　彼女の顔は蒼白で、生気を失っていた。瞼《まぶた》が震えて、弱々しい視線が花村を捉えた。

「しっかりしろ！　今、救急車を呼んで来るからな！」

「早く……逃げて……」

「何だって？」

「狙われたのは……あなたなのよ……早く……逃げて……」

やっとそれだけ呟いて、彼女は失神したのか、ガックリと頭を垂れた。——花村はゆっくりと立ち上った。鉄骨を組んだ高みから小刻みな足音が降りて来る。

花村は手近な柱の陰へと駆け込んだ。誰かが鉄骨を上から落としたのだ。小刻みな足音はやがて近付いて来た。

「まあ、好子さん！」

口に手を当てて叫んだのは、三枝智子だった。「私としたことが——どうしましょう？　ああ、好子さん！　しっかりして！」

三枝智子はオロオロとあたりを見回していたが、やがて駆け出して、闇の中へと姿を消してしまった。

花村は公衆電話を捜して一一九番をかけると、救急車を頼み、百瀬好子の所へ駆け戻った。彼女は目を開いていた。

「今救急車が来る。少しの辛抱だ」

「ええ……」

青ざめた顔に汗が吹き出ている。大変な苦痛に違いない。

「あの叔母さんがどうしてこんなことを？」

「あの関口って男を殺したのは……叔母なの」

「何だって？」

「私が関口を殺そうと思ってあの部屋へ行った時、もう関口は死んでたわ……」

「なぜ叔母さんは――」

「関口が他の女とも関係を続けてると知って……怒ったんです。結婚の約束は取り消しだと……。関口は叔母を罵ったの。金がなきゃ、お前なんかと一日もいられるものか、って……。叔母はカッとなって、手近のナイフで関口を刺そうとした。関口は玄関まで逃げて追い付かれ、向き直った所を刺されたのね。……叔母はもともと神経の細い人だったから……この時、張りつめていた糸が切れてしまったのね」

「というと――狂った？」

「ええ……。私が電話すると、叔母は関口を刺したばかりなのに、ごく普通に電話へ出て来て、新宿まで私を迎えに来たのよ。関口の死体を玄関に置いたままでね……」

「そして留守の間に君が――」

「ええ。玄関へ入って、いきなり関口の死体と出会って……。ナイフも叔母の、見憶えのある品なので、何があったのか、すぐ分ったわ。でもまさか誰も叔母が殺したとは思わないでしょう。で、私はナイフを抜いて持ち去ることにして、急いで新宿に向ったの。叔母のアリバイのためにも必要だったのよ。……叔母は、自分のしたことは何一つ憶えていなくて、近所の人が死体を見つけて大騒ぎしている所へ帰って、本当に卒倒しそうなほど驚いてたの……」

「すると君は叔母さんを逮捕させないために、僕には自分がやったと思わせてたんだね?」

「ええ……。ところが、妙な話なんだけど、叔母も私がやったと思ってたの。それで、あなたと同伴喫茶で会った時、私の後をつけて来て、隣の部屋で私たちの話を聞いてしまったのよ。仕切りなんて薄い壁ですものね。で、叔母は断然、私を守ろうと決心したのね。――あなたの後をつけて……」

「ええ?　じゃ、階段で、僕を突き飛ばしたのは――」

「叔母なのよ。そして今日も、あなたをこの鉄骨で殺そうとして……。手元が狂ったのね……」

遠くからサイレンの音が近付いて来た。

「救急車だ!」

「あなたは、もう行ってちょうだい」

「え？」

「事件との関わりを訊かれたら、困るでしょ」

「うん……。それは……」

「私は大丈夫。――さ、早く行って」

「すまないね」

「一つ、お願いがあるんだけど」

「何だね？」

「やはり、無実の人を逮捕させておくわけには行かないわ。……あなた、事件の真相を匿名の手紙にして、警察へ出してちょうだい。――叔母も刑事責任を問われることはないと思うし。……でも私、自分では叔母を告発したくない……」

「分った。必ず出すよ」

「お願いね」

「じゃ、行くよ」

「さようなら……」

花村は、暗い通りを救急車の赤ランプが近付いて来るのを見て、静かに闇の中へ姿を消した……。

「今日はいつもの打合せだ」

「こんな暮れに？」

「仕方ないさ。仕事の方は待っちゃくれないからな」

そう言って彼はインスタントの熱いポタージュスープをすすった。

「さて、今日はどうするかな……」

一台遅れの電車で、ふと呟く。休暇——秘密休暇の一日。今月はどう使うか。十二月は仕事も忙しいので、休暇を取るのにちょっと勇気がいったが、思い切って届を出した。妻にもいつもの言い訳をしてきた。

本当に信子は何も知らないのだろうか。時折ふっと疑問に思うことがある。別に当てこすりや皮肉めいたことを言うわけではむろんないのだが、「打合せ」の様子や結果を聞く時の態度に、時折チラリと、子供の話に大げさに聞き入ってやっている時のような、そんな表情が窺えることがある……。

まあいい。知っていて好きにさせてくれているのなら、それに甘えよう。

「今日は映画か、買物か……」

あのゲームはやる気がしなかった。まだ先月の記憶が生々しい。

事件は、三枝智子が重要参考人として呼ばれ、さらに精神鑑定を受けることになったという報道を最後に、紙面に登場しなくなった。

花村の出した匿名の手紙のことは、当然ひと言も触れられていない。しかし、事件がそれに沿う形で落着したのは、やはりあの手紙のせいだった、と思ってもよさそうである。

百瀬好子の足の傷は治ったのだろうか？　頭のいい、不思議な娘だった。その肉体もすばらしかった。

しかし、今になって、ふと考えるのである。事件の真相は本当に彼女の言う通りだったのだろうか？　あんな状況でもあり、花村は彼女の言葉をそのまま信じてしまったが、もし彼女が犯人だとしたら……。そしてあの三枝智子は姪の身を案じていただけだとしたら……。それでも話は通じないわけではない。彼をホームの階段から突き落とそうとしたのも、百瀬好子かもしれない。――だが、叔母を心配する余り、関口を殺し、今度は叔母を精神病患者にしてしまうというのは理屈に合わないような気がする。

財産。三枝智子の財産である。関口を殺したのも、叔母のため、というよりは、二人が結婚して財産を関口に取られたくなかったというのが本音ではないか。それなら、叔母を犯罪者でなく、精神病患者にしてしまったのも分るような気がする。裁判は長く、有罪の判決が確定するのはどうせ大分先のことだ。だが精神鑑定はずっと早く結果が出る。そして異常とみなされれば、三枝智子は禁治産者として、財産を管理する資格を失うことになるのだ。おそらく、好子は叔母が少し異常な所があるのを承知で、この計画を立てたのだろう。叔母が鉄骨で彼を殺していれば、狂気は申し分ないものになったはずだ。

――まあいい。済んだことは済んだことだ。

何の気なしに車内を見回した花村は、ふと一人の少女に目を止めた。十二、三歳だろうか、しっかりした、利口そうな少女だ。手に小さなボストンバッグを持っている。そして誰に連れられて来たのでもなさそうだ。

一体どこへ行くのだろうか?

「よし」

花村は呟いた。「今日の獲物はあの娘だ」

凶悪犯

1

K市の警察署長、有田《ありた》は、苦虫をかみつぶしたような顔で〈市長室〉と書かれたドアから出て来た。

廊下《ろうか》の長椅子に並んで座っていた三人の男が、まるで鎖《くさり》でつながってでもいるように、一斉に腰を浮かした。しかし有田の顔つきを一目見ると、三人の顔から希望の光は消え去り、再び力なく長椅子に座り込んでしまった。

有田が目の前に立つと、三人の中では一番年長の鈴木《すずき》が、

「だめだったんですね」

と念を押すように訊く。有田はため息をついて、

「だめだ。……何度も再考してほしいと頼み込んだのだが、考慮《こうりょ》の余地はないといわれた

よ」と三人の顔を見渡し、「私としても誠に残念だ」

と言った。三人は互いに顔を見合わせた。

「一体どうして分らないんです！」

三人の中では一番若い桜井《さくらい》が不満を叩きつけるように言った。

「我々のような人間が必要な時が必ず来るってことが！……その時になってからじゃ遅いんだ！」

「君の気持ちは分るよ」

と有田は穏《おだ》やかに受け止めて、「しかし、市長は、この貧乏な地方都市に、いつ仕事があるかも分らんような人材を三人も置いておく余裕はないというんだ」

「それなら、他にもっとむだを平気でやってるじゃないですか」

と桜井がかみつくのを、鈴木は、

「まあ、署長へ食ってかかっても仕方ないよ」

と抑えた。「市長だって、赤字財政で苦労してるんだから」

「それはそうなんだ」

有田はホッとしたように肯《うなず》いた。「それにこんな小さな市の警察で、特別狙撃班を置いている例はないしな」

三人は押し黙ってしまった。――しばらくして、今まで黙っていたもう一人の男、加賀《かが》が、ポツリと呟《つぶや》くように言った。

「何か起こってくれたらなあ……」

「おい、よせ！」

有田は慌てて周囲を見回し、「ここは市庁舎だぞ。記者にでも聞かれたらどうする！」

「しかし、そうも言いたくなりますよ」

と鈴木が言った。「いざという時にじたばたしたって、もう遅いんだ」

「大体、今だって装備が不充分なのに」

桜井は、ことのついで、というように、

「ライフルは古いし、練習する場所がないし、弾丸代《たまだい》をもらうのにも、会計じゃいやな顔をされるんですからね」

加賀が有田の顔を見て、

「すると、我々はクビですか？」

と訊いた。有田は渋い顔をますます渋くさせて、

「いや、その点は何とかする。君らを路頭に迷わせるようなことは決してせん。その点は任せておいてくれたまえ！」

有田がそそくさと行ってしまうと、三人は改めて顔を見合わせた。

「どうせゴルフの相談なんだぜ」

と若い桜井が吐き捨てるように言った。

「お前は独身だから、まだいいよ」

と加賀がわびしい口調で、「俺の所は来月三人目が生まれるんだ。今失業したらそれこそ目も当てられねえ」

「独身だからってかすみを食べちゃ生きて行けませんよ」

と桜井が口を尖らす。

「だけど、もし人員縮小ってことになったら、お前が辞めるんだぞ。まだよそへ移っても充分に仕事ができる」

「そんなのありませんよ！　僕だって今年中には結婚しようと思ってるんです。それなのに――」

「よさないか」

と鈴木がうんざりしたように口を挟んだ。

「俺たちはみんな無用の長物なんだ。クビになるときゃ、みんな一緒さ」

三人はまた押し黙ってしまった。――やがて鈴木が立ち上った。

「こんな所に座っててもしょうがない。署へ戻ろう」

三人は重い足取りで市庁舎を出た。ちょうど正面の階段を、七十近い年寄りがせっせと掃除している。桜井がチラリとそれを見て、

「掃除ぐらいならできるかなあ……」

　と言った。

「よせよ、クビと決まったわけでもないのに」

　と鈴木がたしなめる。加賀がため息と共に言った。

「本当に、何か起こってくれないかな。――凶悪犯が人質を取って立てこもるとか……」

「銃を持ってないと、我々が射殺できませんよ」

「そうだな。人質はかよわい美人がいい。世間の怒りを買うようにな」

「そう巧く行くもんか」

　と鈴木が独り言のように呟いた。


「金をよこせ！」

　市内唯一《ゆいいつ》の大手スーパー〈S〉のレジ係川田浩子《かわたひろこ》はえらく太って、呑気《のんき》な性格であった。レジを打つのもスローモーなら、つり銭もよく間違えるので、慣れた客は彼女のいるカウンターには決して並ばなかった。他のカウンターのほうが行列が長くても、結果的にはそっちへ並んだほうが早いのである。

　その客は、川田浩子のレジに客が一人もいないのを見てやって来たらしかった。――午後一時半。大体が、このスーパーの最も空いている時間なのだった。

「金をよこせ！」

という声は川田浩子にもむろん聞こえていた。しかし、ちょうど爪のマニキュアの具合を気にしていたので、内容は理解できなかったのである。

「いらっしゃいませ」

と機械的に言って、右手をレジスターのキーへかけ、左手でかごの中の品物を——と思ったが、そこには何もなかった。

「金を出せ！　おとなしくしてろ！」

とくぐもったような低い声がした。顔を上げた川田浩子は、大きなマスクとサングラスをかけた顔に出くわした。

「何ですか？」

川田浩子は、何事なのか、さっぱり理解できなかった。何やってんだろ、このお客は？

「金を出せ、と言ってんだよ！　こいつが見えねえのか！」

川田浩子は客の手に黒光りしているものを見下ろした。何だかピストルみたいに見えるけど……。ピストル？……ピストルだ！

川田浩子はやっと事態を理解した。しかし、甚《はなは》だ不幸なことに、彼女は極めて直接的に行動するタイプだった。考える、という段階などすっ飛ばして、反射的に行動する性質なのである。

「キャーッ」

オペラ劇場以外では滅多に聞くことのできない凄絶《せいぜつ》な叫び声が、川田浩子の豊かな体軀《たいく》から脳天を突き抜けて発せられた。相手が思わず仰天して飛び上った。

「強盗！　ピストル強盗！」

と川田浩子は喚《わめ》き散らしながら、出口へ向かって突っ走った。それはさながら猛牛の突進にも似て、積み重ねたかごをはねつけてまき散らし、店内用のベビーカーを突き倒し、店へ入りかけていた客を三人突き飛ばした。

一瞬、店内が静まりかえった。そして、

「キャーッ！」

という悲鳴の大合唱と共に、店内にいた客と従業員が一斉に駆け出した。——全員が店内から姿を消すのに、五秒とかからなかった。全員が？　いや、一人だけ残っていたのは、ピストルを手に、ポカンと突っ立っている、サングラスとマスクの犯人だけであった。

積み上げてあったミカンの缶詰が、ガラガラと崩れた。

その日、非番だった若山《わかやま》刑事は、ちょうどその時スーパーの向い側にある本屋にいた。はた目には、およそ刑事とは見えないに違いない。——というのは、何しろまだ二十七歳の若さ、それに色鮮やかなオレンジ色のセーターを着ていたからである。

若山は大体が童顔の二枚目で、バーなどでは、決まって、

「まあ、刑事さんなんてやらしとくの惜しいわ。役者にしたいくらいねえ！」

とお世辞を言われる。しかし、本人は至って任務に忠実な刑事なのだ。

オレンジ色のセーターを着ているのは、これがペアになっているからで、もう一方は、当然彼の妻、奈美《なみ》が着ているのである。――二人はまだ結婚して二か月という、湯気の立つようなカップルだった。

「あなた本でも見てたら？　買物して来ちゃうから」

という奈美の言葉に、

「じゃ、そうするか」

と肯いて、本屋へ入り、好きな将棋《しょうぎ》の本をあれこれ手に取ってめくっていたのだが、そこへ……、

「ピストル強盗！　ピストル強盗！」

と喚きながら、スーパーから、店員の制服を着た女が飛び出して来た。

若山は瞬時に職業意識に目覚めた。本を投げ出すと、本屋から駆け出し、次々にスーパーから転がり出てくる人を、

「早く物陰へ！――そっちはだめだ！　公園のほうへ！」

と押しやった。そして、まだ、

「キャーッ!」

と叫び続けている女店員の腕をつかんで、

「犯人は? まだ中なのか?」

と大声で訊いた。相手はピタリと叫ぶのをやめて、

「ええ! ピストルを持って——。私に突きつけたんです! 『金を出せ』って、ドスのきいた声で言って」

「一人か? 犯人は一人?」

「ええ……。一人でした」

「確かに、まだ中なんだな?」

女店員はキョロキョロと周囲を眺め回し、

「出て来てませんよ。きっと中です」

「よし、分った。もう大丈夫だ。落ち着いて。僕は刑事だ。いいかね、すぐ一一〇番して、事件を知らせてくれ。僕は店を見張っている」

「分りました」

「店の出入口は?」

「裏に一つありますけど……。でもどうせ、わきを回って正面へ出て来るようになってるんです」

「そうか。すると正面を見張ってりゃいいわけだな。よし、じゃ電話を頼むよ」

「は、はい！」

言われるままに、女店員が電話のあるほうへと走って行くと、若山は急いで正面の本屋へ駆け戻った。

「みんな、ここから出るんだ！　正面のスーパーにピストルを持った男がいる！　発砲すると危険だ！　早く出て！」

店にいて、何事かと表を覗いていた客たちは一斉に左右へ駆け出した。一人オロオロしている店の主人へ、

「僕は刑事です。ここから店を見張らせて下さい」

「は、はあ……どうぞ」

「あなたは奥へ入っていらしたほうがいいですよ」

「そ、そうします」

主人は慌てて店の奥へ姿を消した。若山は本屋の表に出してある週刊誌を広げた台の後ろに身を隠して、スーパーの様子を窺った。――何しろガラス張りなので、外の風景が映っていて、中の様子がさっぱり見えない。

ピストル強盗か、全く、こんな小さな町には珍しい話だ。若山は身の引き締まるのを感じた。何しろ拳銃の訓練は受けたが、実際の仕事では手に握ったこともないと来ている。

「畜生、よりによって非番の時に……」

と舌打ちした。しかし、だからこそ奈美にくっついて来て、この事件に出くわしたのだが。

「奈美……」

やっと思い出した。奈美はどこにいるのだろう？　あのスーパーにいたはずだ。あの時、逃げ出して来た客の中には見当らなかったようだが……。

「――まさか！」

若山は真っ青になって、静まりかえったスーパーのほうへと目を向けた。

鈴木たちは署へ戻ると、何をする気もせずに、自分たちのデスクにぼんやりと座り込んでいた。

「――ねえ鈴木さん」

加賀が言った。「あんた、どうする？」

「何が？」

「普通の警官に戻れと言われたら、さ」

「そうだなあ……」

鈴木は、壁のケースに納められたライフルを見上げた。ついに一発も現場で撃つことのなかったライフル……。

「生活ってものがある。仕方ないだろう」

「僕はいやです」

と桜井は頑固《がんこ》である。

「じゃ、どうするんだ？　ライフルを撃つような仕事なんて、ありゃしねえぞ」

「そりゃ分ってますが……」

「どうせ俺たちだって宮仕えの身なのさ」

と加賀が投げやりな口調で言った。「交通整理をやれと言われりゃ、やらなきゃならん。そういうもんさ」

「いっそ俺たちでライフル強盗でもやるか」

と鈴木が苦々しく笑って、「そうでもないと、こんな平和な町、この先まず数十年はそんな事件など起こりそうもないからな」

そこへ、若い警官が興奮した面持ちで飛び込んで来た。

「た、大変です！　直ちに出動して下さい！」

三人は顔を見合わせた。鈴木が、

「おい、俺たちをからかってるつもりなら――」

と言いかけると、

「本当ですよ！　今、通報があったんです。ピストルを持った男が、スーパー〈S〉に立てこもってるんですよ！　すぐに出動しろと署長の命令です！」

鈴木、加賀、桜井――どの顔も、たちまち紅潮して来た。

「やったぞ！」

桜井が躍り上った。

「いよいよだ！　俺たちの出番なんだ！」

加賀が大声で言った。今にも踊り出さんばかりの喜びようだ。さすがに鈴木はやや冷静を保って、

「おい、すぐに仕度しよう」

と声をかけた。そしてケースの鍵を開けると、ライフルの冷たい銃身を握りしめた。

2

鈴木たち三人は、防弾チョッキをつけた上にジャケットを着て、頭にヘルメットといういでたちでパトカーから降り立った。

「大変な騒ぎだな」

鈴木が思わず呟いた。――スーパーの周囲はさながらお祭の広場みたいな様相を呈して

いた。警官、野次馬、報道陣、ＴＶの中継車まで来ている！

三人がライフルを手に歩いて行くと、一斉にカメラが集中する。桜井が晴れがましい様子でニヤニヤしていたが、鈴木は苦々しい顔つきだった。有田署長が三人に気付いてやって来る。

「やあ！　ご苦労」

「事態は？」

と鈴木は訊いた。

「まだよく分らんのだ。しかし、ともかく君らにもやっと働いてもらえる」

「それは結構ですが……」

鈴木は周囲を見回して、「この騒ぎは何とかなりませんか？」

「どうしてだ？」

「厳重なのはいいですが、こう大勢人がいちゃ、下手に発砲もできませんからね」

「まあ、そう言うな。今、ここで君らの活躍ぶりを売り込めば、市長の態度だって変わるさ」

「そりゃまあ、そうかもしれませんが……」

鈴木は渋々肯いた。

「犯人はあのスーパーにいる」

「姿を見せましたか?」

「いや、奥へ引っ込んどるようだ」

「それじゃ、まず催涙弾《さいるいだん》を打ち込んで……」

「それがそう簡単にはいかんのだ」

鈴木は有田の顔を見て、

「なぜですか?」

と訊いた。

「人質がいる」

鈴木たちは素早く顔を見合わした。

「そんな話は聞きませんでしたよ」

と加賀が言った。「一体誰が?」

「うむ……。君たちも若山君を知っとるだろう」

「ええ。この間結婚した……」

「彼の細君が人質になっているらしい」

鈴木はゴクリと唾《つば》を飲み込んだ。——冗談が本当になってしまった。

「そいつは……困りましたね」

「若山君は?」

と桜井が訊いた。桜井は個人的にも若山と付き合いがあった。有田署長は顎《あご》でしゃくって、

「あっちだ」

――若山は頭をかかえて、パトカーの陰に座り込んでいた。あちこち捜してみたが、ついに奈美は見つからなかった。スーパーに、犯人と二人で残っているとしか思えない。

「若山」

「――桜井」

「奥さんが……」

「そうらしいんだ」

桜井はかがみ込んで若山の肩へ手をかけた。

「俺たちが必ず助け出す。心配するなよ」

若山は、桜井の手にしたライフルを見た。

「奴を射殺するのか？」

「分らんよ。……進んで出て来てくれれば、それに越したことはないが」

「頼む！　気をつけてくれ！　犯人を刺激して、奈美にもしものことがあったら――」

と若山が桜井の手を握りしめる。

「分ってる。分ってるとも！　心配するな。きっと奥さんを無事に救い出すから」

「桜井……頼む……」

若山は頭を下げた。

「ここは我々三人に任せて下さい」

と鈴木は言った。

「それは……ちょっとまずいんじゃないかね」

と有田は渋った。「万一逃げられでもしたら……」

「そんな心配は無用です。警備を解いてくれと言ってるわけじゃありません。遠巻きにするような格好で包囲すればいいでしょう。何しろこう近くに人がいては、こっちも自由に動けません。それに犯人を刺激しますよ。人質の身も心配です」

「ふむ……」

有田はしばらく考え込んでいたが、やがてゆっくり肯いた。

「よかろう。君にこの場は任せるぞ」

「はい」

鈴木はきっぱりと答えた。

「じゃ、全員を百メートルほど遠ざけて配置しよう。君らとは無線で連絡を取る」

「そうして下さると助かります」

有田の命令で、包囲網は十分後にはスーパーの近くからずっと後退した。——近くの商店、民家なども、全部避難しているので、まるでゴーストタウンのような静けさになる。

「さて、これで俺たちだけになった」

鈴木は言った。

「思う存分やれるな」

と加賀は自分のライフルを撫でた。「いつやるんだ?」

「何を?」

「突入するんだろう?」

「慌てるな」

鈴木は首を振った。「それは最後の手段だ」

「しかし、せっかくのチャンスだぜ」

「落ち着けよ。撃たれるかもしれないんだぞ。それを忘れるな」

「そうか。——それは考えなかった」

と加賀は笑った。

「人質がいますよ」

と桜井がスーパーを見張りながら言った。

「僕も若山の結婚式には招ばれたんです。——美人だったなあ、あの奥さん」

「下手に手を出せないなあ」

と不満げな加賀へ、鈴木が言った。

「まあ、そう言うなよ。その逆も言える」

「と言うと？」

「美しい若妻が中でどんな目にあっているかも分らないと思えば、犯人を射殺しても文句は出ないだろう。これが犯人だけだったら、何も撃つことはなかったと批判が出るに決っている」

「なるほど……」

「分るだろう。——今は、じっくり待つんだ。気長に説得するのがまず第一。その上で、人質の命が危いと判断したので突っ込む、という形にしなくては」

「どれぐらい待つ？」

「まあ、二十四時間だな、最低」

「そんなに？」

「今まで、ずっとこの日を待ってたんだぞ。二十四時間ぐらい、何だ」

「それもそうだな」

と加賀は肯いた。

その時、桜井が緊迫した声で言った。

「誰か、動いた！」

鈴木と加賀も、パトカーの陰から顔を覗かせた。桜井は双眼鏡でじっとスーパーの様子を見ている。

「何か見えるか？」

「いえ……。さっきチラリと見えたんですがね。確かに人影だったけど」

「外が明る過ぎるんだ。夕方になれば、中がはっきり見えるようになる」

「呼びかけますか？」

鈴木はちょっと迷って、

「そうだなあ。……一応呼びかけてみないことには――」

「でも、それであっさり降伏して来たらどうするんだ？」

と加賀が文句を言った。「俺たちのことなんか、また忘れられちまうぞ」

「何だか妙な気分ですね」

と桜井が苦笑いしながら言った。その時、突然、三人の背後から声がかかった。

「あの、何かあったんですの？」

三人は飛び上らんばかりに驚いて振り向いた。――若い女が、キョトンとした顔で立っている。鈴木は急いでその手をつかんで、

「危い！　体を低くして！」

と引っ張った。女は慌ててしゃがみ込んだ。

「一体どこから出て来たんです?」

と鈴木が訊くと、女は戸惑った様子で、

「あの……公園のトイレです。気分が悪くなったもので……。ずいぶんパトカーのサイレンやら何かが聞こえましたけど、どうしたんです?」

「あのスーパーにピストル強盗が立てこもってるんですよ」

「まあ!」

「人質を取ってね」

と加賀が口を挟む。「いつ撃ち合いになるか分りません。あなたも早く避難したほうが——」

突然、桜井が、

「奥さん!」

と大声を上げた。「若山君の奥さんじゃありませんか!」

女は目を丸くして、

「まあ、桜井さん。あなたでしたの! そんな格好なので、分りませんでしたわ」

「いや……しかし……」

桜井は絶句した。他の二人も、やっと事態を理解した。——しばし、誰も口をきかなか

った。若山奈美は、何だかわけが分らず三人の顔を眺めていたが、

「――じゃ、私、お邪魔でしょうから、行きますわ」

と腰を浮かしかけた。

「ま、待ちなさい、奥さん！」

鈴木が慌てて奈美を押えて、「今出ちゃ危い！　差し当り……そうだ、そこの写真屋の中へ入っていなさい。暗くなってから、ちゃんと送ってあげます。万一のことがあっては大変だ」

「はあ……」

奈美は当惑気味に、「でも、主人が心配していると思いますから」

「それは大丈夫。我々が無線で連絡しておきます」

「そうですか。分りましたわ」

「じゃ、頭を低くして行って下さい」

「はい」

と行きかけて、ふと奈美は振り返り、「人質になってるのはどんな人なんですの？」

と訊いた。鈴木はしどろもどろになって、

「そ、それは……まだはっきりとは……はあ……」

「お気の毒ですね。早く助けてあげて下さい」

奈美は頭を下げたまま、急いで写真屋の店先へと駆け込んで行った。

「――参った!」

鈴木が息をついた。加賀が吐き捨てるように、

「何てこったい! 畜生!」

と毒づいた。

「どうします?」

「人質がないとなりゃ、待ってることたあない。突っ込んでやっつけよう!」

と加賀が立ち上る。

「おい、座れ! さっき言ったことを忘れたのか? 人質もないのに射殺すれば、後で叩かれるだけだぞ」

「じゃ、一体どうするんだ?」

とふてくされた加賀がその場にあぐらをかいた。桜井がため息をついて言った。

「どうも、これじゃ我々の出番はないようですね。催涙弾を撃ち込んで、出て来た所を捕まえるだけなら、狙撃班でやることはないでしょう」

「束の間の夢か……」

加賀は愛しげにライフルの銃身を撫でた。鈴木はしばらく何事か考え込んでいたが、やがて二人の顔を眺めながら言った。

「どうだ、ちょっと思い切ったことをやってみる気はあるか？」

「──何をやるんだ？」

「つまり……」


「誰か戻って来ます」

警官の声に、若山は思わず立ち上った。

「狙撃班の一人です」

「桜井！」

若山は駆け出した。

「若山、いたのか！　よかった、君に頼みがあって来たんだ」

「何だ？　家内は？　やっぱり中に？」

桜井は重々しく肯いた。若山は一瞬、目を閉じた。

「そうか……。無事でいるのか？」

「今の所は大丈夫のようだ」

「で、僕に何をしろ、と？」

「奥さんに君の声を聞かせたいんだ。勇気づけられるだろうしね。励ましてやってほしい」

「それはいいが、できるのか？　電話をかければいいのかい？」

「いや、電話はまずい！　犯人は何を話してるかと勘ぐるだろう。妙に疑念を起こさせないほうがいい」

「そうだな。それじゃそばへ行ってスピーカーで呼びかけるよ」

「いやいや、そいつもうまくないよ。君が近くへ来ていると知ったら、奥さんが危険を忘れて飛び出して来ないとも限らない」

「――それじゃ、どうすりゃいい？」

「カセットテープへ吹き込んでくれれば、それを僕が大きな音で再生して聞かせるよ。それが一番安全だ」

「分った。それじゃ……」

「こいつへ吹き込んでくれ」

と桜井はポータブルのカセットレコーダーを渡した。「近くの電気屋のを拝借して来たんだ」

若山は唇をなめて、

「しかし……何と言えばいいんだ？」

「うん、あまり犯人を刺激してもまずいからな……。大体、こんな所でどうかな――」

と桜井はポケットからメモを取り出すと、若山へ手渡した。

3

「私が犯人を説得するんですって？」

思わず奈美は訊き返した。

鈴木は肯いた。

「大変な仕事だというのは分っています。しかし——」

「大変どころか……無理ですわ、そんな！」

「奥さんしかいないんですよ。犯人は警察の人間と見れば決して心を許さないでしょう。しかし奥さんなら——」

「そんなことをおっしゃられても……」

奈美は困り果ててしまった。

「あなたも警官の妻なんですから、ここは一つ心を決めてくれませんか」

「いくら刑事の妻っていっても、そんなことまでしなきゃならないんですか？」

奈美はふくれっつらになって言った。「ともかく一度主人の所へ戻りますわ。主人がそうしろと言えば……やりますけど」

そこへ桜井が戻って来て、カメラ店の入口に顔を覗かせた。

「鈴木さん。行って来ました」

「ご苦労。――テープは？」

「これです」

「よし、じゃ見張っててくれ」

鈴木は、桜井から受け取ったテープレコーダーを奈美の前に置いた。「――奥さん、これを聞いて下さい」

プレイボタンを押すと、若山の声が聞こえて来た。

「奈美。僕だ」

「まあ、主人だわ！」

「――大丈夫か？　君には桜井たちがついているから、心配することはない。犯人だって人間なのだ。不幸な人間なのかもしれない。恐れずに話を聞いてやれ。同じ人間として、理解してやるようにするんだ。そうすればきっと道が開ける……」

鈴木はテープを止めた。

「どうです、奥さん。ご主人もこう言っているんですよ」

「はあ……」

奈美は情ない顔で、そのテープを眺めていたが、やがてため息と共に言った。「分りました。やってみますわ」

「そいつはありがたい！　大丈夫、心配はいりませんよ。今の所、相手は落ち着いている
ようですからね」

「——どうやって入って行けば？」

「正面から、堂々と入るんですよ。こそこそ入っては、却《かえ》って怪しまれる」

「堂々と……ですか？」

奈美は首を振った。「とっても無理ですわ」

「さ、行きましょう」

と鈴木は構わず奈美の腕を取った。そしてスーパーの入口が見える所へ連れて来ると、

「さあ、ここから一人で行って下さい」

「は、はい……」

奈美は青ざめた顔で肯くと、鈴木と別れ、一人でスーパーへと重い足取りで歩き始めた。

鈴木はパトカーの陰へ戻った。

「巧く行ったぞ！」

と肯いて見せる。「わりと単細胞らしいな、あの女」

「何だか気がひけるなあ……」

と桜井は言った。「親友を騙《だま》すなんて」

「もうやっちまったんだ、くよくよすんなよ」

と加賀が桜井の肩を叩く。

「あ――入って行きましたよ」

「そうか……。これでやっと人質ができたわけだ」

鈴木はほっと息をついた。

「しかし、後になって妙なことになるぞ」

「後のことは後のことさ。――今は人質がいることが大切なんだ」

「でも、もし彼女に何かあったら……」

と桜井は後ろめたい気持ちを捨てられない様子だ。

「心配するな。大丈夫さ」

と鈴木が気安く請け合った。

「俺が心配なのは、むしろ逆だな」

と加賀が言った。「もし犯人が彼女に説得されて出て来たら?」

「まさか! ピストル強盗だぞ。相当の覚悟でやってるはずだ。そんなにたやすく諦めるか」

「だといいがな……」

三人はパトカーの陰から頭を出して、スーパーの様子をじっとうかがった。

奈美は、来なきゃよかった、と思った。あの人ったらひどいわ！　自分の女房にこんなことをさせて。後で思い切り引っかいてやるから！

スーパーの入口に立って、恐る恐る中を見渡す。並んだ棚に遮られているのか、誰の姿も見えない。――仕方なく、そろそろと足を進めて行く。

卵の棚、乳製品の棚、菓子類の棚……。一つ一つ、間を覗いてみるが、誰もいない。

「いないのかしら……」

もう警察の目を盗んで逃げてしまったのかもしれない。奈美の胸に少し望みが湧いて来た。その途端、

「手をあげろ！」

と後ろから声をかけられ、キャッと叫んだ。

「う、撃たないで……」

と両手をあげる。どうやら相手はレジのカウンターの中に潜んでいたらしい。

「よし、こっちを向きな」

奈美はゆっくり振り向いた。――目の前に、拳銃を構えて立っているのは、色白の、まだ子供っぽささえ残る若者だった。

「貴様、婦人警官か？」

「ち、違うわ！」

「それなら何しに来た。買物でもあるめえによ。――ただし、今なら何でも無料だぜ」

「あの……私は、あなたを説得しに来たの」

「へえ、お説教か。先公にしちゃ美人じゃねえか」

「私は教師じゃないわ。ただ……」

と言いかけて、後の言葉が出て来ない。一つ咳払いをして、

「人質はどこなの？　無事でいるの？」

と訊いた。

「人質？」

若者はけげんな顔で、「人質なんかいねえぞ。何の話をしてるんだ？」

「いない？」

今度は奈美が面食らって、「――いやだわ、あの人たち、何を勘違いしてるんだろ」

「ま、今は一人いるけどな」

と若者は愉快そうに言った。「まあ来いよ。パーティに招待するぜ」

「パーティ？」

「そうさ。奥へ歩け」

言われるままに、フロアの一番奥まった所へ歩いて行くと、床一杯に、コーラの缶だの、菓子の袋だのが散らばっていた。

「何でも無料だからな。ただしセルフ・サービスだぜ。好きな物を持って来て食うんだ」

若者は床へペタンと腰をおろすと、「どうだい何か一つ?」

「え、ええ……そうね」

ここでいらないと言ってはいけないのだ。

「じゃ……そこのチョコレートを」

「勝手に取りな」

奈美は板チョコをかじりながら、

「お菓子が好きなのね」

と言った。

「腹が減ってたのさ」

「でも、お菓子ばっかり食べてるじゃないの」

「すぐ食えるのは菓子ぐらいだ」

「あら、そんなことないわ」

と奈美は店内を見回して、「ほら、あそこに電子レンジがあるじゃないの。あれを使えば、冷凍食品が食べられるわ」

若者はつまらなそうに、

「そんなもん、使い方が分らねえよ」

と言って、せんべいをバリッとかんだ。

「私、何か作ってあげましょうか?」

「そうだな……。じゃ、やれよ」

奈美は冷凍食品のケースから、シューマイや肉まんなどをいくつかかかえて来ると、試食販売のために置いてあった電子レンジを使って解凍した。

「お前、どうしてここへ来たんだ?」

と若者が不思議そうに訊く。

「さっき言ったでしょ。あなたを説得して、人質を——」

と言いかけ、「人質がいるって聞いてたのよ」

「それにしたって……。どうしてそんな役を引き受けたんだ?」

奈美は肩をすくめて、

「主人が刑事なの」

と言った。若者はちょっと目を見張った。

「へえ!　お巡りの女房か!　そいつは面白いや」

「何が?」

「昔からお巡りにゃ散々な目にあわされたからなあ。お返しに、裸にして可愛がってやるぜ」

「何ですって！」

奈美は真っ青になって、それでも若者はきっとにらみつけながら、「そ、そんなこと……やれるもんならやってごらんなさいよ！　引っかき傷だらけにしてやるから！」

若者は楽しそうに笑い出した。

「冗談だよ。――よくそんな小説があるじゃねえか」

「そんなの読んでないわ」

「結婚してるのか。ずいぶん若いな」

「あなたのほうがよっぽど若いじゃないの」

「俺か？――俺はもう年寄りさ」

若者は自嘲気味に言った。――電子レンジがチーンと鳴った。

「できたわ。食べる？」

「ああ。支度しろ」

皿もはしも、何でも揃っているから簡単だ。奈美は熱いシューマイを若者の前へ出した。

――若者は見る見る内に全部平らげてしまった。奈美は呆れて、

「そんなにお腹が空いてたの？」

「いや、旨かった！――ごちそうさん」

「どういたしまして」

何だか妙な気分だった。えらくおとなしそうな若者である。まだ少年といってもいいくらいだ。拳銃を膝へ乗せていなければ、少しも凶暴には見えない。

「そのピストルは、どうしたの?」

と奈美は訊いた。

「ええ? ああ、こいつか?」

若者は取り上げて眺めると、「モデルガンだと思ってんだな? 残念ながら本物だぜ。試してみようか?」

「い、いいわよ。やめて!」

奈美は慌てて手を振った。若者は拳銃を持った手をのばすと、銃口を棚のてっぺんに積んであった缶詰へ向けて、引金を引いた。

鼓膜を打たれるような銃声に、奈美は首をすくめた。シャケの缶詰が一つ、宙に飛んだ。

「銃声だ!」

桜井が叫んだ。三人はライフルを構えた。

「――どうしたのかな」

と加賀が武者震いして言った。

「知るもんか」

「奥さんが撃たれたんじゃ……」

と桜井は顔を曇らせた。

「いや、ああいう手合は、相手を怯《おび》えさせるために発砲したりするもんだ。――桜井、双眼鏡でよく見てみろ」

「はい」

桜井はライフルを双眼鏡に持ち換えて、ピントを合わせた。「……何も見えません。……あ、誰か動いてる……あれは……奥さんだ！　無事だったんだ、よかった！」

パトカーの無線が鈴木を呼んだ。有田だった。

「どうした？　銃声がしたようだったが」

「単なる威嚇です。銃声がしたようだったが」


「単なる威嚇です。人質は無事です、確認しました」

「それならいいが……。少しそっちの状況を説明に来てくれんか。記者連中がうるさくてかなわん」

「……分りました」

鈴木はマイクを戻すと、「おい、俺はちょっと署長の所へ行って来る。後を頼むぞ」

「任せとけ」

と加賀が肯いた。鈴木は頭を低くして、走って行ってしまった。

「――そろそろ日が暮れますね」

と桜井が言った。「腹が減ったな……」

「その向うにパン屋があったぞ。何か持って来い」

「いいですかね」

「構やしねえさ。後で払えばいいんだ」

「そうですね。じゃ、ちょっとお願いします」

「俺にはコロッケパンを頼むぜ」

「分りました」

桜井はニヤリとして、走って行った。――その姿が、曲がり角から消えると、加賀はそっと頭を出して、スーパーのほうを見やった。段々外が暗くなって、店の中の様子が見えて来る。――人影は見えない。きっと奥のほうに隠れているのだろう。

畜生！　二十四時間も待つのか。馬鹿らしい！　一気に突っこんで勝負をつけちまえばいいのに。飛び込んで、狙いをつけて引金を引く。ほんの数秒で済むことだ。

人質？　大丈夫。流れ弾に当るなんてことは滅多にない。万一そうなったら……運が悪かったんだ。道を歩いてたって、車にはねられることはある。事故だ。何も俺たちが責められるべきことじゃない。

「そうだとも」

加賀は呟いた。桜井はまだ戻って来る気配がない。――加賀は、ライフルの安全装置を外した。

「今の所、人質は無事です」

鈴木はマイクの林へ向かって言った。「しかし夜になり、疲れて来ると、犯人のほうも次第に苛立《いらだ》って来ると考えられます。我々としては極力銃を使わずに犯人を逮捕したいと考えています。――むろん人質の安全が最優先です。説得も続けていますが、今の所、効果はないようです」

「最終的に解決がつかない時は、突入するんでしょう?」

とTVのリポーターが質問して来る。

「それはあくまで最後の手段です」

「どの時点でその決定を?」

「人質の命に危険が迫ったと判断された時です」

「いつ頃になりそうですか?」

「それはまだ何とも……」

「大体の所でいいんですがね」

「まあ……少なくとも二十四時間は……」

と鈴木が言いかけた時、スーパーのほうから銃声が聞こえて来た。「失礼!」

取り囲む報道陣を突き飛ばすようにして、鈴木は駆け出して行った。

4

「ところで奥さんよ」

若者は拳銃を膝へおろすと言った。「外は一体どうなってんだい？　えらく騒がしいと思ってたら、急に静かになっちまって」

奈美はためらった。まさか狙撃班が待ち構えていると言うわけにもいかない。

「あなたを刺激しちゃいけないって、ごく少しの人を除いて、ずっと遠く離れて、遠巻きにしてるのよ」

「刺激しちゃいけねえって？」

若者は声を上げて笑った。「それでいて、こんな美人を人質に送って寄こすたあどういうつもりなんだ？」

「私、別に人質になりに来たわけじゃないわ。――ねえ、悪いことは言わないから、自首なさいよ。どうせ絶対に逃げられないんだから」

「逃げられねえのは承知さ」

若者は缶ジュースをぐいと飲んだ。

「じゃ、自首する？」

「その内、気が向いたらな」

若者はあまり関心のない口調でそう言った。しかしそれでも奈美はいくらかホッとした。少なくとも相手がそれほど捨て鉢になっていないことが分ったからだ。この分なら、きっと自首してくれるに違いない。——そう思うと、急に気も楽になる。

「でも、どうしてこんなことやったの？」

と奈美は言った。若者はそれが聞こえなかったのか、

「コーヒーが飲みてえな」

と言った。「しかし、いくら何でも湯は沸かせねえしな」

「あら、大丈夫よ」

奈美は紙パックのコーヒーを取って来ると、売物のコーヒー茶碗に注ぎ、電子レンジで温めた。

「——はい、コーヒー」

若者は首を振って、

「驚いた！　大したもんだな」

「一杯二百円です」

と言って、奈美はニッコリと微笑んだ。若者はちょっと笑って、

「あんた、いい人だな……」

と言った。そして熱いコーヒーをそっとすすった。

「……俺がどうしてこんなことをやったのか、あんたにゃ分らねえだろうよ」

「言ってみて」

「言ったって分りっこねえよ」

「分らないかどうか、言ってみてよ」

と奈美はくり返した。若者は真剣な目で彼女を見た。

「俺はな……腹が減ってたんだよ」

奈美は、彼が冗談を言っているのかと思った。しかし、彼は真面目だった。

「たまらなかったんだ。金がなくて、何も買えない。もう二日も、何も食ってなかった。

……ここには食い物がうんざりするくらい積んであるのによ、俺は空っぽの腹をかかえて、ガラスの外から眺めてるだけだったんだ……」

奈美は、確かに、そんな空腹感を、自分は経験したことがないと思った。外出すればお腹が空く、運動をすればお腹が空く。けれど、それはいわば次の食事のための準備のようなものだ。――もういつ食べられるか分らない、そんな絶望的な空腹感を味わったことは、一度もない……。

若者は拳銃を手にすると、

「こいつを手に入れたのは、もう三月《みつき》以上も前だ。でも、できることなら使いたくなかった。……今日だって、何だか自分でも分らねえ内にやっちまってたんだ。気が付くと、一人でこの中に突っ立ってたんだ」

　奈美は、若者の言葉に嘘はないと信じた。別に凶悪犯でも何でもないのだ。ただ、ちょっと道を踏み誤っただけで……。

「コーヒー、旨かったな。もう一杯あるかい？」

「ええ、温めてあげる」

　二杯目のコーヒーを、本当においしそうに飲んでいる若者を眺《なが》めながら、奈美は、きっとこの若者は、生れた時から、苦労し続けて来たのに違いない、という気がした。

　ふと顔を上げた奈美は、思わず声を上げるところだった。――万引防止用に、高い所に取り付けられた凸面鏡《とつめんきょう》に、ライフルを手にした男の姿が映っていたのだ。

　狙撃班の一人だ。桜井ではない。――一体どうしようというのだろう？　せっかく、犯人は自首するかもしれないというのに。

　狙撃手は、足音を殺して、若者の背後に回りつつあった。若者のほうは全く気付かずに、旨そうにコーヒーを飲んでいる。

　奈美は息を呑んだ。――後ろへ回って、銃を突きつけられたら、若者はおとなしく諦めるだろうか？　それならばいいのだが。

狙撃手は、棚の陰から姿を見せると、若者の背中へと銃口を向けた。奈美は、今にも、

「手を上げろ！」

という声がするものと思っていた。しかし——奈美は目を疑った——狙撃手は銃床を肩へ当てて、若者に狙いを定めたのだ。まさか？　まさか、いきなり撃つつもりでは……。

「ああ、旨かった。コーヒーって、こんなに旨いもんだとは知らなかったぜ」

若者がカップを置いた。狙撃手が、じっと銃を肩へ固定して、狙った。撃つ気だ、と奈美は悟った。

「撃たないで！　やめて！」

奈美は叫んだ。狙撃手がびっくりして顔を上げた。若者が拳銃を引っつかんで横へ転がる。ライフルが発射されて、コーヒーカップが砕け散った。拳銃が鳴った。


「どうした！」

鈴木が駆け戻って来ると、桜井がライフルを手にした所だった。

「加賀さんが勝手に——。僕がここを離れた隙に」

「馬鹿め！」

鈴木は唇をかんだ。まさかやられることはあるまいが、それにしても、署長の許可も得ずにやれば後で厄介なのは考えれば分りそうなものだ。

「どうします？」

「仕方ない。入口まで進んでみよう」

だが、二人はパトカーの陰から出て、その場で足を止めた。入口の所から、加賀が、姿を見せた。

「加賀、どうした？　やっつけたか？」

鈴木の問いにも、加賀は答えなかった。そして、そのまま崩れるように倒れた。

「加賀さん！」

桜井が急いで駆け寄った。肩のあたりが、血でぐっしょりと濡れている。

「やられてる！」

鈴木が走って来ると、

「早くパトカーの所へ連れて行け！」

と叫んで、ライフルを天井へ向けて二発ぶっ放した。「――畜生！」

歯ぎしりしながら、身を翻《ひるがえ》してパトカーへと戻る。無線で救急班を呼ぶと、鈴木と桜井は顔を見合わせた。

「もう引き退がれないぞ」

「ええ……。やっつけましょう！」

と桜井は肯いて言った。「いつやります？」

「待て……。邪魔が入らないようにやるんだ、俺たちだけで、やろう」

鈴木はそう言って、スーパーのほうへと目を向けた。


若者と、奈美は冷たい床の上に、力なく座り込んでいた。

こんなことになるとは……。奈美は、悪い夢であってくれたら、と思った。

若者が顔を上げた。

「あんた……どうして俺を助けてくれたんだい?」

「助けやしないわ。ただ……あの人が、いきなり撃とうとしたから……」

「俺なんか殺されたって構わなかったじゃねえか。どうせクズなのによ」

奈美は首を振った。

「あなたは悪い人じゃないわ。でもそんな風に、自分のことをクズだクズだと言っていると、本当にそうなっちゃうのよ。——今からだって遅くないわ。出て行くのよ。銃を捨てて」

「警官を殺したんだぜ」

「殺しちゃいないわ。肩のけがですもの。私が、突然のことで、あなたにも殺すつもりはなかったんだって証言してあげるわ。それに、実際、あの人も悪いんだわ、警告も何もしないで、後ろから撃とうとしたんだもの。——ね、私が必ず証言してあげるから」

「よせよ！」

若者は苛立つように言った。

「どうして？」

「あんたの旦那、刑事なんだろ？　あんたがこんな凶悪犯をかばうような証言をしてみろよ、あんたの旦那は警察にゃいられなくなるぜ」

奈美は、はっと胸をつかれる思いがした。同時に、若者がそこまで考えてくれていることに心を動かされた。

「でも事実は事実よ。人が何と言おうと、そんなこと、構わない。主人だって、きっと私を信じて励ましてくれるわ」

若者はしばらく奈美を眺めていたが、やがて、ふっと笑顔になった。

「何がおかしいの？」

「いや――あんたが、まるで子供みたいだからさ。世の中、そんなきれい事じゃ済まねえんだ。もっともっと、いやになるくらい、自分勝手で、不公平なもんだぜ」

奈美は表情をこわばらせた。

「それじゃ、どうしようっていうの？　私を楯《たて》にして逃げるつもり？」

「いいや」

と若者は首を振った。「出て行くよ。だけど、あんたの証言はいらない」

「でも――」

「あんたはシューマイとコーヒーをごちそうしてくれた。それで充分だよ」

奈美は若者を見つめた。

「あなた……名前は？」

「俺かい？――順《じゅん》ってんだ。〈順序〉の〈順〉」

「私は奈美よ。〈奈良〉の〈奈〉と、美しい……」

「ぴったりだな、あんたに」

彼は立ち上った。「さて、じゃ行くよ」

「私も一緒に――」

「少し離れてたほうがいいよ。もしかして発砲してくると危い」

順と名乗った若者は、軽く奈美を押しやって、出入口のほうへ歩いて行った。

「止まれ！」

鋭い声が飛んだ。順が足を止めると、ライフルを構えた鈴木と桜井が、姿を現した。

「桜井さん、大丈夫です」

奈美が声をかけた。「自首すると言ってるんです。心配ありません」

「奥さん、退がって！」

桜井が厳しい声で言った。順は手にした拳銃を二人のほうへ放り投げた。

「さあ、これでいいだろ」

と息をつく。――鈴木と桜井のライフルが火を吹いた。順の体が弾かれたように吹っ飛ぶ。リノリウムの床に血が帯を描いた。苦しげに半身を起こした所へ、更に弾丸が撃ち込まれた。

奈美は、目の前の光景が信じられなかった。――順は、血に染まって、動かない。

「どうして……どうして撃ったの！」

と奈美は叫んだ。

「奥さん、奴は凶悪犯なんですよ」

と桜井が言った。

「いいえ！　いいえ、違うわ！　銃を捨てたのに……。もう一人の人だって、背中から撃とうとしたわ。どうして！　殺さなくても良かったのに！」

鈴木が、順の捨てた拳銃を拾って言った。

「奥さん、あなたは興奮して自分の言っていることが分らないんですよ。無理もない。恐ろしい思いをして来たんだから」

「とんでもない！　恐ろしいのは……あなたたちだわ！」

奈美は二人をにらみつけた。「人質なんかいないのを知っていて、私をここへ寄こしたりして！――いいわ。何もかも、ありのままぶちまけてやるから！　ここでのことも、全部しゃべってやりますからね」

「誰も信じやしませんよ、奥さん」

と鈴木は冷ややかに言った。「それにご主人の立場もまずくなる」

「私、そんな脅しには乗りません」

奈美はきっぱりと言った。「信じてもらえるかどうか、やってみますわ」

奈美はスーパーを出ようと歩き出した。鈴木が順の拳銃を握り直すと、奈美の背中へ向けて引金を引いた。

「鈴木さん！」

桜井の叫びを銃声が消した。奈美が一瞬、棒立ちになって、それから床に崩れるように倒れた。呆然としている桜井へ、鈴木は静かに言った。

「どうせここまでやる気だったんだ。そうだろう？——さあ、これを奴の手に握らせて来い」

桜井が半ば自失したままに、言われた通り拳銃を倒れている若者の手へ握らせると、すぐに、警官たちがなだれ込んで来た。

「全く、残念でした。もう一歩というところで間に合わず……」

鈴木は記者の質問にそう言って顔を伏せた。

「しかし、この不幸な事件は、貴重な教訓を与えてくれました」

と有田署長が記者たちとカメラの列へ向かって言った。「これから、こうした銃による凶悪な犯罪は決して後を絶つまいと思います。我々は特別狙撃班を今後も強化して、万一の事態においても充分に生かして下さることを願っています」

解　説

山前　譲

小説の長さに制限はありません。原稿用紙一枚、いえ、たった一行のものから、何千枚にもなる大長編まで、作者の思いのままです。たとえば、先日、九十七歳で亡くなられた大西巨人《おおにしきょじん》さんの代表作で、旧日本軍の不条理を論理によって緻密《ちみつ》に暴いていく『神聖喜劇』は、完成までに二十余年を要した、四千七百枚もの大作でした。もっとも、作品が出版されて読者の目に触れるかどうかは、作者の思いのままとはいきませんが。

小説作法からすれば、原稿用紙十枚のショート・ショートと五十枚の短編とでは、そして四百枚の長編とでは、違ったテーマやプロットになるのではないでしょうか。ショート・ショートに何十人も登場させるわけにはいかないでしょうし、長編で登場人物がたったひとりというのは、実験的で面白い試みではあるにしても、かなり難しいことでしょう。

あるアイデアが短編向きなのか、それとも長編向きなのか。プロの作家ともなれば、その辺は自然に心得ていくのでしょう。ただ、赤川さんは、アイデアを、短編向きと長編向きとできちんと分けてメモしてはいなかったので、締切りが迫ってくると、そうした分類に構わず使ってしまうことがあったそうです。

徳間文庫既刊の『ぼくのミステリ作法』に書かれているエピソードですが、〝五枚半のショート・ショートに、長編で使うつもりだったプロットを使った〟ところ、〝めったに僕の書いたものを賞《ほ》めてくれないベテランの編集者が〟、「あれは中身が濃くて面白かった」と賞めてくれたとのことです。めったにない非常事態だったのでしょうが、赤川さんの執筆年譜を見れば、それも致し方ないと納得するに違いありません。

一九七六年九月に「幽霊列車」でデビューしてわずか二年後の一九七八年九月、あまりに忙しくなって日本機械学会を退職しますが、その年に発表されたのは、長編が四作に短編が十一作でした。それが翌一九七九年には、長編が五作で短編はなんと五十作以上！　ショート・ショートが十作ほどありますが、信じられない執筆量です。一九八〇年はさすがに短編は五十作を切りましたが、長編のほうが九作になっています。

これでは、このアイデアは長編向きかなあ、いや、やっぱり短編向きかなあ、なんて、のんびり考えている暇がなかったのも当然です。もっとも、そのおかげで（？）、濃密な短編を読者は堪能できることになるのですが……。

前置きがちょっと長くなりました。本書『孤独な週末』は一九八〇年六月、廣済堂出版から刊行されました（初刊時のタイトルは『土曜日は殺意の日』）。四作収録されていますが、それらが発表されたのがまさに一九七八年から一九八〇年にかけてなのです。デビューしてまだ間もない頃、迸《ほとばし》るように作品が生み出されていた頃の作品なのです。

表題作の「孤独な週末」（「小説ジュニア」一九七九・十二）の舞台は、軽井沢の山荘です。紀子は、秘書を務めていた小杉部長に見初められ、結婚しました。小杉は十六歳年上で再婚、正実という十一歳の息子がいます。新婚旅行として山荘で過ごすことにしましたが、小杉が会社から呼び出されてしまいます。

三日間、正実とふたりだけで過ごすことになりました。無理に母親になろうとしてはいけない、最初はただの友達として……。そんな思いを胸にして山荘に来た紀子でしたが、正実は姿を見せません。インターホン越しに会話するだけです。

継母と息子の微妙な関係から紡がれていく心理サスペンスは、実質的な初長編の『マリオネットの罠』（一九七七）に連なる、フランス・ミステリーの味わいです。その『マリオネットの罠』は、まずファーストシーンだけが頭にあって、そこからふくらませていった物語とのことでした。明らかに映画が意識されていましたが、「孤独な週末」もまた、映画を観ているような感覚に囚《とら》われます。

正実の新しい母親にたいする反撥がエスカレートしていきます。無邪気な悪戯《いたずら》では済まなくなっていくのです。〝子供は無邪気なもの、清らかなもの、というのは、正に大人の勝手な思い込みで、むしろ子供は総て自己中心的な存在であるという点で、残酷なものです〟と、やはり『ぼくのミステリ作法』に書かれています。

「孤独な週末」の延長線上には、『殺人よ、こんにちは』（一九八三）とその続編の『殺人よ、さようなら』（一九九二）、あるいは短編集の『充ち足りた悪漢たち』（一九八二）や『砂のお城の王女たち』（一九八五）といった作品があります。

「少女」（「小説CLUB」一九七八・四）には、赤川作品全体を特徴づける、奔放《ほんぽう》かつどこか危うさを秘めた十代の女の子が登場しています。

笠原は路上で、セーラー服の少女から、「私を買っていただけませんか?」と声をかけられました。なりゆきで一緒に旅館に入ったものの、事情を知り、お金だけ渡して、何もせずに別れます。そして帰宅すると、無惨な姿の妻が……。どんでん返しの利いたミステリーのなかで、繊細な心情をみせる少女の姿が鮮烈です。

「尾行ゲーム」（「小説推理」一九七九・一）では、サラリーマンが月に一度、妻に内緒で休暇を取って、こっそりあるゲームを楽しんでいます。ところが殺人事件とかかわってしまい、どうすればいいのか悩むのでした。

赤川さんは十二年間、サラリーマン生活をしていました。はたして当時、こんなゲームをしてみたいという願望があったのでしょうか。いえ、サラリーマンに限らず誰にでも、日常から離れたいと思う瞬間があるような気がします。現実逃避なのか、それとも冒険を求めてなのかは、人それぞれでしょうが。けっしてモデルがあるわけではないものの、『上役のいない月曜日』（一九八〇）や『サラリーマンよ悪意を抱け』（一九八〇）のような、サラリーマンやＯＬを主人公にした短編集も赤川作品にはあります。

最後の「凶悪犯」（「小説ＣＬＵＢ」一九八〇・四）は、強盗が人質を取って、スーパーに立て籠《こ》もった事件です。警察は解散することになっていた特別狙撃班を送り込んで、解決しようとするのですが……。

発表当時はうかつにもまったく気付かなかったのですが、この短編は、短編集『悪夢の果て』（二〇〇三）や『さすらい』（二〇〇四）など、日本の危険な潮流を憂いた近年の作品に連なっています。それは『悪夢の果て』に、もちろんストーリーは違いますが、まったく同じタイトルの作品が収められていることで証明されるでしょう。

「力」は人間を変えてしまうのです。「力」を手にすると、なんでも許されてしまうと錯誤してしまいます。まさに魔力です。ここで捏造《つく》られた凶悪犯は、けっして絵空事でも、他人事《ひとごと》でもありません。こんなことは絶対にありえないと、とても断言できないのです。

この『孤独な週末』は赤川さんにとって十七冊目の著書でした。赤川作品といえば、多彩なシリーズ・キャラクターが特徴的ですが、ここに収められた短編はシリーズものではなく、一作一作、テイストが違っています。赤川作品のさまざまな魅力が凝縮されていると言えるでしょう。そして今なお、その作品世界は読者を魅了するのです。

二〇一四年四月

この作品は1981年11月に刊行された角川文庫を底本にしました。なお、本作品はフィクションであり実在の個人・団体などとは一切関係がありません。

徳 間 文 庫

孤独《こどく》な週末《しゅうまつ》

2014年5月15日 初刷

著者 赤《あか》川《がわ》次《じ》郎《ろう》

発行者 平野健一

発行所 東京都港区芝大門二―二―二〒105―8055 株式会社徳間書店

電話 編集〇三(五四〇三)四三四九 販売〇四八(四五一)五九六〇

振替 〇〇一四〇―〇―四四三九二

印刷 図書印刷株式会社

製本 東京美術紙工協業組合

ISBN978-4-19-893826-0 (乱丁、落丁本はお取りかえいたします)